村里村外

陈俊峰 著

上海文艺出版社
Shanghai Literature & Art Publishing House

图书在版编目（ＣＩＰ）数据

村里村外 / 陈俊峰著 . -- 上海：上海文艺出版社，
2024. -- （南海潮 / 彭桐主编）. -- ISBN 978-7-5321-
9072-0

Ⅰ . I267

中国国家版本馆 CIP 数据核字第 2024199R0M 号

发 行 人：毕　胜
策 划 人：杨　婷
责任编辑：李　平　程方洁　汤思怡　韩静雯
封面设计：悟阅文化
图文制作：悟阅文化

书　　名：村里村外
作　　者：陈俊峰
出　　版：上海世纪出版集团　上海文艺出版社
地　　址：上海市闵行区号景路 159 弄 A 座 2 楼
发　　行：上海文艺出版社发行中心发行
　　　　　上海市闵行区号景路 159 弄 A 座 2 楼 206 室　201101　www.ewen.co
印　　刷：成都市兴雅致印务有限责任公司
开　　本：880×1230　1/32
印　　张：80
字　　数：1850 千
印　　次：2024 年 7 月第 1 版　2024 年 7 月第 1 次印刷
ＩＳＢＮ：978-7-5321-9072-0/I.7139
定　　价：398.00 元（全 10 册）

告读者：如发现本书有质量问题请与印刷厂质量科联系　T：028-83181689

那么真挚，那么温暖，那么动人

查本恩

我的故乡在鄱阳湖东岸，家门口奔向鄱阳湖的那条小河，蜿蜒十几公里，流淌着太多儿时的记忆。游泳、跳水、抓鱼，种瓜、插秧、耘禾，看母亲洗衣裳，看乡亲赛龙舟。

江南水乡，梦里水乡。

小河的尽头，是浩渺的鄱阳湖。湖上，船只来来往往；船上，旅人南来北往。

鄱阳湖的历史深处，有许多故事。当年朱元璋在鄱阳湖大战陈友谅，为日后称雄天下积攒了实力和资本。湖边那个叫老爷庙的地方，至今还供奉着一只巨龟，香火旺盛。相传朱元璋在鄱阳湖的一次战役中被打败落水，幸亏大乌龟赶来，把他驮到老爷庙。老爷庙的对面，站着美丽的庐山，隔湖相望。

最难忘的还是住在湖边的乡亲。无数次坐到电脑前，想写写我的爷爷奶奶、外公外婆，我的父亲母亲、舅舅舅妈，我的兄弟姐妹、童年伙伴，至今却敲不出半行字。至真至爱、骨肉亲情，无论是身在家乡，还是远在异乡，思念愈深，愈是无从下笔。

儿时记忆，故乡山水，鹭岛故事，很多我想写而没写的，俊

1

峰兄都写了。俊峰与我是同乡，我们从小喝着鄱阳湖的水，吃着鄱阳湖的鱼，坐着鄱阳湖的船，听着鄱阳湖的故事，结局却是与养育我们的鄱阳湖不辞而别。他成为一名海军，从美丽的鄱阳湖走向辽阔的大海，转业后再定居厦门。我则在鄱阳湖畔教了两年书，此后一路奔袭，走向大海，来到鹭岛读书、工作、生活。可以预见，厦门将是我们的终老之地。从起点到终点，从中国最大的淡水湖畔来到东海之滨，这两个我们生活时间最长的地方，由一种共同的东西连接，那就是水，淡淡的湖水与咸咸的海水。

十年前某个深夜，我写下一首诗，一首关于大地与星空、故乡与他乡的诗——

躺在油菜花上，
把湖　想成了海。
凤凰花，
灿若朝霞的凤凰花，
你在向谁微笑？

躺在海上，
把凤凰花　想成了油菜花。
海水一拥而上，
把沙滩上的人绑走。
浪漫被涛声抛向空中，
死亡被浊浪踩在脚下。

一地的油菜花，
在几百里远的田野，

在游人如织的影子里，
变成了凤凰花。
摇摇摆摆，
在他人的相机里，
和海水相聚。

俊峰的新书《村里村外》，在我看来就是一本关于当下与远方、曾经与现在、故乡与他乡的故事集。

从这本书中，你会读出许多人生况味。我们七〇后这代人的生活遭际如此相似——少年时种地、耕田、放牛，青年时或异地求学，或当兵，与家乡渐行渐远，犹如坐在船尾回头看，湖畔村庄越来越小、越来越模糊。最后，我们来到陌生的城里扎根生活，家乡的人与事、草与木永远留在记忆里：翻山越岭一路高歌去外村看露天电影，春节跟着父母走几里路去看戏，跟着外婆去娶媳妇的人家里听戏，还有打水漂、捡稻穗、捉知了……

从这本书中，你会感受到浓浓的人间亲情。爷爷的二胡、细爷的风范、奶奶的熬糖岁月，还有糯米粑的味道、城里镇巴佬的往事，一篇篇读来是那么真挚、那么温暖、那么动人。犹如萧红在《呼兰河传》里写的父老乡亲，貌似淡然，实则刻骨铭心，悲伤细腻。

从这本书中，你会遇见厦门的种种美好。厦门大学、集美学村、嘉庚精神，大学路、沙坡尾，马拉松赛道、2路公交车……真可谓"小城故事多，充满喜和乐"。最喜欢《时光里的集美学村》的那段话："漫无边际地走着走着，回望南熏楼，又见龙舟池，仿佛我也就成了这村子里的人。"

从这本书中，你还可以体会一位军人的情怀。香港回归，雨中阅兵，两赴西沙群岛，许多历史事件中都能见到俊峰兄的身影。特别是他在书中提到 1992 年去当兵时的情景，我依然记得。那是一个大雨滂沱的日子，全县被选中当兵的子弟都集中在县城准备出发。那时，我在县城读师范，陪着乡亲赶去为村里两位当兵的兄弟送行。我想，俊峰兄当时应该就在那十几辆的接兵车上，只是我们互不认识罢了。与他的人生不同，同村的两位兄弟在部队没有考上军校。一个文质彬彬，寄身杭州，进入服装厂；一个膀大腰圆，回到家乡，开了个五金店。我们几年难得一见，曾经的热血少年，在岁月风霜中走向下一个渡口，将来也会被一条小船接走。他们的样子，像那天上缥缈的云朵，隐隐约约，模模糊糊，令我想起苏氏兄弟夜雨对床的故事，想起苏轼写给弟弟苏辙的那首诗——

人生到处知何似，应似飞鸿踏雪泥。
泥上偶然留指爪，鸿飞那复计东西。
老僧已死成新塔，坏壁无由见旧题。
往日崎岖还记否，路长人困蹇驴嘶。

2024 年 3 月 28 日于五缘湾畔

（查本恩，厦门晚报社社长、总编辑，厦门大学博士。）

目录 CONTENTS

第二辑　其乐融融一家亲

第三辑　军歌嘹亮军号响

第五辑　今夜情思寄故乡

▼

第一辑　稻花香里说童年

山冈上杜鹃花开

夏天一到，故乡的山冈上，漫山遍野都是盛开的杜鹃花，姹紫嫣红，远远看去，整个山头火红火红的。

杜鹃花喜欢阳光，山坡朝阳的一面总是花朵怒放，置身于花丛中，人也会变得像花一样灿烂，心情自然舒畅。我小时候去得最多的山坡要数村后大山杨储岭，那里山高路陡，到处是悬崖峭壁。夏天阳光炽热，茂密的树丛中，一丛丛杜鹃花开得正艳，把整个山冈燃烧得红彤彤。杜鹃花的枝长得细条细条的，但韧性十足，采花的人想轻而易举折断它，不是那么容易。花瓣不大，喇叭状，红红的花瓣中裹着几条妩媚的花须，微风吹来，花瓣随风起舞，整个山冈似乎都灵动了起来，美丽极了。

杜鹃花虽然是花，却没有花的娇气，贫瘠的山坡上，高耸的岩石旁边，它都能开得分外妖娆，越是在恶劣的环境下，越能开出又红又大的花朵来，也因此引得无数采花的人冒险去采摘。

一年夏天，我和弟弟跟着村里一群大孩子，跑到杨储岭最险要的山峰陡壁犁去采杜鹃花。陡壁犁，顾名思义就是它陡得像农民犁田的犁一样，矗立在崇山峻岭中。非常惊险，大人们谈起这地方都有些望而生畏。

然而，当满山火红的杜鹃花呈现在眼前时，只有大诗人白居易的"最惜杜鹃花烂漫，春风吹尽不同攀"能表达对杜鹃的喜爱和狂热的心情。而那时的我想，如果把这杜鹃花种在自己的院子里，我不仅可以免受观花攀爬山路的疲劳，而且还能够在家门口享受花的美丽，那滋味该多好呀！于是有一天，我和弟弟扛着锄头跑到大山里，精挑细选挖来两株杜鹃花，小心翼翼地栽在院子里，就像母亲呵护小孩一样，不停地给它浇水施肥，期待某一天能开出更大的花朵来。然而事违人愿，第二年春天，这两株杜鹃花竟然连绿叶都未长出。看着枯枝，再看看满院的春色，一种说不出的伤感油然而生。

如今离开大山多年，很少见到杜鹃花，但杜鹃花那不畏艰险和酷暑，向往阳光、默默绽放的习性依然影响着我，就像村子里的乡亲一样，即使生活再困难，环境再恶劣，他们依然会顽强地、乐观地活出自己的精彩和自我。我欣赏杜鹃花开满整座大山的美，更喜欢它那顽强奔放的样子。

儿时打水漂

从小在鄱阳湖边长大，对水有着特别的情怀，记忆最深处的莫过于削水碗的游戏，后来到了城里才知道大家管它叫打水漂。打水漂就是利用水的浮力，找一块薄片，用力朝水面甩去，薄片碰到水面反复弹起，不断向前滑行，在水面上飞出一连串像碗形一样的轨迹，泛起道道银色的波光，宛如一条祥龙在湖面舞动。

上小学时，往返路上都要经过村东头的大水塘，悠闲的鱼儿在水中自由地游玩，成群的鸟儿时而拍打着水面，时而凌空飞翔，岸边柳树像窈窕淑女一样多姿，倒映成一幅美丽的乡村美景。水面平静如镜，这是玩打水漂游戏最好的去处。

打水漂是一种技巧性比较强的游戏，光凭借力气大是很难取胜的，还必须要掌握一定的技巧，薄片的入水角大小直接影响到削出水碗数量的多少。比赛是根据打出水碗个数的多少决定胜负，谁打出水碗多谁就是冠军，碰到打出同样多水碗时，小伙伴们还会再进行一次加时赛来决定胜负。

比赛前，大家要在水塘边寻找比较薄的瓦片，有的用岸边石头慢慢在岩石上磨打成薄片；有的寻找废弃的木头用书包里的铅笔刀削成薄片；还有的孩子别有用心地将在家削成的竹片带来，胸怀誓夺第一的雄心。比赛时，大家整齐地排在池塘岸边，一声开始，只见手中的薄片像飞碟一样飞向水面，在大家的欢呼雀跃声中，不断地向水中央飞去。比赛中，有的虽然使上全身力气，将薄片使劲向水面甩出，但往往由于击打水面角度不对，重重地从着水点沉入水中，削不出一个水碗。技术老练的小朋友，会像奥运会的铁饼运动员一样，将身体半蹲重心后移，找准入水角，利用腰部扭劲将薄片飞向水面，薄片像海上飞艇一样拍打着水面，不停地向前冲去。有时一些童心未泯的大人也迎合着参与其中，老少同乐，其乐无穷，给黄昏偏僻的山村增添了几多热闹。正像一首歌《童年》唱的那样："等待着夏季，等待着下课，等待着游戏的童年。"童年是快乐的，它充满着童趣，我们在快乐中度过了自己的金色童年。

　　漫步在海上花园的城市厦门，诸如碰碰车、打老鼠、海盗船、划游船、过山车等各种游戏眼花缭乱，给城市的孩子带来了无限的快乐。但是，我们在享受城市生活的同时，对乡土气息的儿时游戏依然情有独钟。

乡村看电影

儿时最开心的事，就是有电影看。二十世纪七八十年代，整个乡里只有一个放映队，全乡有十几个大队几十个自然村，他们按顺序轮流为各村放电影，一年能轮上一两次是很幸运的。

轮到放电影的日子，村长便会安排人员提前一个晚上把影片和放映机一起抬到村里来，三四个影片装在圆形或者六边形的铁盒里，盒子上用油漆工工整整地写着片名。那时只要听说拿影片的人到了村里，我们就立马跑去打听播放什么片子，不用多大功夫，这一消息就传到了家人和亲戚耳中，迅速传遍了整个村庄。黄昏过后，村里便安排人敲着锣喊着："明晚村里放电影，大家早点收工。"好奇的乡亲总是跑出门问敲锣的乡亲，明天放什么片子？

第二天下午，村里就安排人在村西口的草毯场上，竖起两根高高的杆子，再在杆子上挂上宽宽的幕布，在离幕布二三十米的地方架起放映机。那时大部分农村没有通电，还要在尽可能远的地方架上发电机，整个前期准备工作都是在放映师傅的指导下进行的，爱凑热闹的小孩总是带着好奇心，不明不白地看个没完。

接着乡亲们就急急忙忙地搬来各种椅子凳子，抢占最好的位置。由于好奇心强，最抢手的位置自然属放映机旁的位置，一是远近正合适，不用仰着头观看；二是靠近放映师傅，能看到放映师傅换片子倒片子，甚至还可以建议师傅先放自己喜欢的片子。其实后来才知道，师傅当天放片子的顺序，早就由村里为头的定好了，我们小孩根本没有说话的权利。

电影一般在七点左右开始，这一天无论手中有多少农活，大家都会先搁一边，每家每户都会早早地吃上晚饭等着电影的开始。放映师傅的晚餐通常由村里安排到村民家里吃，村子给招待的村民象征性地发一些补贴。我的父母为人和蔼，待人热情，父亲又在乡供销社工作，家里条件相对比较好些，父亲跟乡里的放映员一般都认识，招待放映师傅的活，经常都安排在我家。父母亲也总是顺便摆上一桌，叫上村里为头的，一起陪放映师傅吃饭。这样一来，放映师傅也总会在他放映机的边上留一个位置给我，以回报父母的盛情接待。坐在放映机旁边还有一个好玩的事，那就是在电影开始和结束片段，我们这些调皮的小孩会故意将手伸到放映机镜头的光影里，也有的小孩甚至将自己半个脑袋都伸进去，于是屏幕上一会儿出现一双手，一会儿出现一个脑袋的画面。这时便有人开玩笑地喊着："那是谁的猪脚？那是谁的猪头？"现在想想都好笑。

当年，草毯场是村里最大活动场地，因地上长满了像毛毯一样的青草而得名，位置紧靠村里祠堂，西面和北面是村里两口大水塘，靠上游的叫上塘，靠下游的叫下塘，一条数十米长的沟渠将上下塘之间相连，这也是上下塘里鱼儿来往的必经过道。那时鱼多，随便放个网兜，隔三两个小时去取，都能兜着不少鱼。草毯场四周开阔宽广，足足可以容纳上千人。毯场靠着水塘，再炎热的夏天，也能有丝丝凉风吹来，十分惬意。那时农村基本没有什么文化活动，放电影是乡村最隆重的文化活动，父母亲总是热情地邀请舅舅、叔叔和伯伯他们来村里看电影，同时也会炒一些黄豆、花生在看电影时吃。我记得在电影场的外围，时常有些小贩推着自行车喊着"瓜子2毛钱，冰棍1毛钱"的叫卖声，很是诱人，现在想起那五香瓜子的味道还是余香满口。

每次看电影十里八村来的乡亲，总是把草毯场挤得满满的，晚来的乡亲在幕布正面没有抢到位置，也只能跑到幕布的背面去看，背面观看与正面观看正好图像方向相反，总能看到片中的军人用左手敬礼，吃饭都是左手拿筷子的"左撇子"，这丝毫没有影响大家对电影的喜欢与渴望。在那时只要有电影看，即使在背面反着看也是一件难得的开心事。

最难忘的是跟着村里一帮孩子，跑到四五里路外的镜港村看电影。不知道是放映师傅有意安排还是凑巧，每次放电影都是先放《铁道游击队》《地道战》等一些革命题材的片子。接着会为一些老年朋友播放《智取威虎山》《天仙配》等黄梅戏、京剧，这是小孩子最不喜欢看的。一般最新、最刺激的片子都放在最后放映，以防下半夜没人看冷了场。那天《聊斋》中的鬼故事影片《画皮》就是当天的压轴戏，电影一开始，悲凉的配音和画面，就把我们吓得不轻，我们比较小的相互依偎在一起，仿佛那影片中的女鬼就在身边。记得中间忽然片子"烧了"（老家电影胶带断了的俗称），整个放映场漆黑一片，更有调皮的人还学着电影中鬼的叫声，那场面真吓人。从那以后，我就很少独自到其他村子里去看电影了，即使要去也都是父母陪着一起去看。

如今看电影已不是什么稀罕事，但说起那回看电影的趣事来，那股劲儿还是乐在其中。

小溪里擒鱼

村子西面小港和北面大港两条溪水绕村而过，滋润哺育着村里一代一代乡亲。溪水潺潺，深的地方齐腰，浅的地方不足一尺，鱼和虾随处可见，这就是鱼米之乡的富有。闲忙之时，到小溪里擒鱼是很开心的事。擒网是用两根竹子交叉搭建而成，呈长方体，除正面留一个口外，其他面均用尼龙网缝住，当鱼虾进入其中时，自然就瓮中捉鳖，这种捕鱼的方法一直延续到今天。

记得第一次去擒鱼是跟邻居家大姐一起去的，擒鱼的工具擒网也是母亲前一天晚上和邻居加班加点，用针线一针一针赶制而成。那天刚刚下过雨，溪水十分浑浊，根本看不到水里有没有鱼，我学着邻居姐姐把擒网伸入水中，尽量让网的底部触到小溪的底，之后时不时提起擒网，几次下来我都是颗粒未收，而邻居大姐总是收获不少小鱼小虾，让我羡慕不已。让我捉摸不透的是，为什么这鱼虾只往她的擒网里去呢？难道这鱼虾还认人吗？正在这时，邻居家大姐跑过来跟我说："你擒网放反了。"我明明是把擒网的口对着上游水流来的方向，让鱼虾顺着水流进来，怎么放反了呢？这时我看了看旁边一起来擒网的同伴，他们一个个把擒网口朝着下游水流去的方向，只有我与众不同，这是什么原因呢？一脸的不解引起了同伴的注意，他跑过来告诉我，原来溪水里的鱼虾总是喜欢逆水而上，而不是顺流而下。当时真有点想不通，如今又想，老家溪水里的鱼虾，真有点像乡亲的性格，总是喜欢激流搏进，勇往直前，而不是平平庸庸，随波逐流。

有一次凌晨三四点，母亲带着我，打着手电筒，提着桶，拿着擒网来到西边山的港里捕鱼。西边山是村里的祖坟山，山上坟墓丛丛，让人毛骨悚然。母亲一路牵着我的手慢慢走，让我有些安稳和不怕。走到水边，借助手电的光看到一群群小鱼正朝大家白天挖好的小河沟里游动，密密麻麻。母亲见势快速拿起擒网朝河沟围去，顿时间擒网里漆黑一片，鱼磷在手电光的照射下，泛出阵阵亮光。母亲顺势提起擒网，用手一抖，快速把鱼倒在旁边的沙石上，接着又开始了下一轮的捕捞，母亲的动作十分娴熟。我迅速把母亲倒在沙石堆上活蹦乱跳的鱼捡入桶里。那天晚上，我和母亲擒了半铁桶鱼，足有十来斤重，都是清一色的餐鱼，个头只有指头大小，味道却十分鲜美。

天刚放亮，我和母亲满载而归回到家里，

村前细港

　　母亲用碗把鱼装好，一碗一碗送给左邻右舍。碰到多的时候，母亲就把它晒成鱼干放在瓦罐里，以便填补淡季菜的稀少。在我们兄妹上初中高中时，没少吃母亲特意为我们准备的干鱼干虾。

　　溪水潺潺鱼儿多，想起村前的那条小溪，就回想起与母亲到小溪里擒鱼的事，那难忘开心的滋味又漫上我的心头。

稻花香里说童年

　　捡稻穗，对农村孩子来说是一件常见的事，我也同样有过，但我拾捡稻穗纯粹只是为了好玩而已，而不像村里有的小孩，父母会要求自己的孩子每天捡多少稻穗才能收工回家，以填补家中口粮的不足。

　　我们老家是水稻的主产区，每年栽种两季，俗称早稻和晚稻。水稻生长期两三个月，成熟时微风吹过，满田野的稻穗扭动着婀娜多姿的腰，发出沙沙的声音，整个稻田像个大舞台，无数稻穗尽情向大地舒展，把大地裹得严严的，一片金黄，此起彼伏的稻浪把丰收的喜悦传递给远方。

　　水稻收割一般选在早晨开始，天刚蒙蒙亮，村民稍微吃点爆米和米粉就下田干活。到达田地后，大家依次排开，每人四到七行向前收割，大人手长一般收割七行，小孩只能收割四行，不管田多大，也不管人多少，一般都是收割完再回家吃早饭，为的是让割下来的水稻，能够在田野里让太阳多晒些时间，晒到下午稻谷不仅容易脱下来，谷子也更干燥些。这样脱下的谷子，即使碰到阴雨天气，也能够保存几天而不会发霉变坏。

　　捡稻穗别看是一件十分简单的事，但还是有很多讲究的，一般情况下大人打谷没有结束，我们小孩是不能下到田地拾稻穗的，怕被误会拿了田地割好还没有脱下谷子的水稻。因此，我们小孩子都是坐在田埂边守着大人打完谷子，有时勤快的小孩也会跑到田间，帮助大人抱着一捆一捆的水稻送到打谷机边。大人看到小孩辛辛苦苦帮自己干活，没有什么好回报小孩，于是就在抱水稻脱谷时，故意留下几束稻穗给孩子们捡，以免抱得太干净，孩子们拾稻穗时颗粒无收，这种默契的纯朴，只有到我长大后才渐渐懂得。

　　捡稻穗也是有一定技巧性的，但这技巧从来没有人去教你怎么做，捡多了自然就掌握了技巧。泱泱的一大块稻田究竟哪里稻穗多呢？刚开始捡的时候，心里就纳闷，怎么他们一会儿就能捡那么多呢？后来慢慢才知道，其实是脱谷机附近的稻穗最多，因为整个田里的水稻都要搬运到脱谷机上脱谷，自然可能掉下稻穗也会多些。一些新加入这捡稻穗队伍的小伙伴，只能靠自己慢慢发现这个小秘密。

　　稻田里的童年快乐多，每当我把捡来的稻穗拿回家时，年迈的太婆总是用她那长满老茧的手，双手使劲揉搓着稻穗，把稻谷一粒一粒的搓脱下来，然后倒入特制的竹筛里去掉杂物，大部分成为太婆喂养鸡鸭的食料，太婆也总是用煮好的鸡蛋回报我的劳动，这大概就是我乐意拾稻穗的初衷，现在想来真是馋。

知了声声念故乡

夏天到了，满村子里都能听到知了的歌唱声，唱得很欢，整个村子也因此变得热闹起来。

我的老家没有高楼大厦，清一色的乡村小楼，乡间小路四通八达，乡亲们喝的是池塘与井里的水，房屋也是横七竖八地随意排着，没有一丁点顺序，空余的场地到处都是，勤劳的乡亲们总是会在这些空地上栽上一些树木，最多的要算是枣树和橘树，郁郁葱葱，把整个村庄装饰成一片绿色，到处充满着生机与活力。

夏天一到，成群的知了戏耍在枝头上，拉扯着粗犷的嗓音向全村人引吭高歌，热闹得有点烦人。那时农村生活单调，捉知了成了村里小伙伴最爱做的事，我小时候没少捉过。

说是捉，其实叫捕更准确。我们要找来一个塑料袋，那时塑料袋并不多见，常常只能找用完盐的袋子，用针线把袋子口缝在一个圆形铁环上，再把圆形铁环绑在一个长长的竹竿上，一个捕捉知了的工具就算完成了。

中午时分，知了在树梢上拉扯着嗓子赛歌，此起彼伏，一浪高过一浪。这时正是大家午休的时间，城里的人在这个时间总是埋怨着说，这知了吵得连睡个午觉都不安定，而老家的乡亲们却是伴着这知了欢唱声进入梦乡，在他们看来再大的吵闹声，也比他们在田间面朝黄土背朝天来得幸福。这知了还有一个习惯，那就是天气越热，它们叫得越欢。在夏天，有时早晨太阳刚探出脑袋，知了就在房前屋后的树梢上叫个不停，乡亲们由此可以推断，今天又是一个高温的天气，便临时把室外劳作的农活调整在室内做，好一个天气预报员。

热归热，却丝毫打消不了我们捉知了的热情，大家三两个顺着知了的叫声，蹑手蹑脚走到树下，轻轻地竖起手中的竹竿，将塑料袋口对准趴在树上的知了，一个快速把塑料袋靠向树干，只要对得准，知了便无路可逃落入袋中，再轻轻放下竹竿取出知了放在袋子里。知了在袋中一边使劲地挣扎着，一边发出嘶哑的叫声，这叫声没有了树梢上高歌的节奏，变得杂乱无章，十分刺耳，很是悲惨。有时因为手抖袋口对不准，捕不着也是常有的事情，知了受到惊吓后，随着一声尖叫，撒下一场尿便直冲云霄逃离了现场，我们也常常被知了洒得满脸是尿，哭笑不得但十分快乐。

知了捉到后，我们把它装入用纸做好的小盒子中，拿在手里，佯装收音机听音乐。有时我们也会很残忍，找来一些干木柴，把火烧得旺旺的，把知了串在铁丝上，在知了的外壳上撒些盐，放在火上烤着吃。不一会儿，一股烤肉的香味扑鼻而来，大家争着抢着吃，一顿丰盛的烤知了大餐在小山村拉开序幕。

工作辗转南北东西，从农村到城里，知了声变得越来越少，城里高楼大厦把知了挤得无处安身，知了微弱的叫声也被城市噪声淹没其中。每到夏天，内心总莫名感到少了点什么，对故乡的思绪也变得越来越浓郁了起来。漫步在杏林湾畔，听，知了声声响起，它们又在枝头高歌，我仿佛又回到了久别的家乡。

红石老屋

回到老家，推开后门，邻居那幢曾经辉煌的红石老屋已残垣断壁。顿时，一阵伤感，红石老屋承载我童年太多故事。

老屋有多老，大家都说不清楚。整幢老屋由青砖红石搭建而成，青砖随处可见，不足为奇，但那雕龙画凤象征富贵的红石却十分罕见。老屋的门窗与墙角框架都是用红石筑造而成，红石上雕刻着各种不同的鸟兽花草，处处彰显着老屋主人的富贵。听村里年长的人说，屋的主人很早就在景德镇做瓷器生意，赚了不少银两，是村里的大户人家。红石的珍贵、青砖的悠久古老，两者悠然自得地完美结合，让老屋愈久弥香。只是历经风吹雨淋，它像一位年岁已高的老人，老态龙钟，隐隐约约，但依然屹立在村子的北面。那屋檐角上飞禽走兽的石雕，张牙舞爪，栩栩如生，默默守护着老屋的天与地，静静注视着老屋的沧桑与变化。每次路过，总感觉是一位母亲在守望着远方游子的归期，突然想起那句"父母在哪里，家就在哪里"，直叫人心酸。

老屋中厅有一方天井，天井由光滑的青石板铺设而成，下雨时雨水顺着屋顶的坡面流入天井，四水归堂，福禄天降。天井中间有一块矮矮的小石板，形如桌面，雨水打到天井石板上，水花四溅，像花一样向四周散开，落英缤纷。倾盆大雨到来之时，整个大厅像水帘洞，好一派"飞流直下三千尺"的壮丽景观。天井石板与地面平齐，天气好的时候，老屋周边的小孩子放学后，都会争先恐后地抢占石板，趴在上面写作业画画，想着自己的小心思，思绪常常随着天空中一朵朵云彩飘向远方。

老屋围绕天井左右对称，上下两层，东西两侧各有厢房四间，厢房之间狭窄的走道，以木雕镂空栅栏相隔而成，整个老屋就像迷宫一样。我们常常在老屋里玩着老鹰抓小鸡、捉迷藏的游戏，把所有的童年都藏在老屋的每个角落里，想着等自己老的时候再慢慢把它找回来。老屋门槛有二尺来高，我们总是抢着坐在那高高的门槛上，唱着"排排坐，吃果果，你一个呀我一个，妹妹睡着了给她留一个……"的儿歌，玩着小孩过家家、揪鼻子、拉钩钩的游戏，整个老屋就是儿时的乐园，那欢歌笑语，总是透过天井响彻天空。

记忆中老屋最令人惬意的事，还属夏天坐在天井边上，看着那丝丝细雨飘入天井，飘向老屋的每个角落，一种莫名的思绪和遐想总在这时从天而降。老屋主人总喜欢在下雨天歇息的时候，给我们反复讲着那老掉牙，却百听不厌的"牛郎织女"与"白蛇传"的爱情故事，每次都听得津津有味，出神入化。我们的思绪也总是在这个季节，变得多愁善感，朦朦胧胧，我们走过了童年和少年，如今走进老屋依然还能隐隐约约听到我们儿时那"咯咯咯……"的欢快笑声。

冬天暖阳，一束阳光透过天井照射在古老的木栅栏上，斑驳的影子像镌刻在上面一样，那么熟悉而又凝重，光束就像电影的放映机，无数情愫尽在其中。走出老屋，蓦然回首，一股寒意窜出胸怀，也许下次再回到故乡，就再也见不到那饱经风霜的红石老屋了，心里不由泛起阵阵酸楚。

榨屋里的童玩

　　村庄西北角，离村里百米不到，有一栋十分老旧的土房子，长方形，占地有半亩田地之多，屋墙由青砖和土砖混合而成，房屋距地面一米高为砖墙，砖墙之上便是由土砖砌成，再用木头做成一个穹形屋顶，铺上青瓦便搭建而成。因房屋内面有一座木头油榨而得名为"榨屋"，屋里有三件非常特别的东西，一件是人工用来榨油的木榨，另一件是用来碾细各种硬物的碾盘，还有一件就是电动碾米机，都成了我们儿时的童玩，童年的许多时光在这里度过，我们在这里可以找到很多的快乐。

　　木榨是由木匠师傅在一棵直径一米、十几米长的树木上开凿而成，主要用来为远近村民榨油用。榨油工序非常复杂，先把油菜籽放在锅里炒熟至七八成，火候把握不好，就会出现煳味，或者榨出来的是生油，而且出油率还很低。这火候村里只有几个老手才能把握得恰到好处，不偏不离。菜籽炒好之后，把它装入圆形的钢圈中，用力挤压成油饼，再装填到油榨榨膛中等待着压榨。压榨是最吃力的一道工序，往往由数十个大力气的乡亲，赤着胳膊站在撞杆两边，利用身体前后摆动的最大幅度，伴随着那"一二嘿"的吆喝声声，借势发力把撞杆撞向榨膛。吆喝声连着撞击声，金黄色的菜籽油便顺着木榨的油槽，哗哗地流入到一口大大的铁锅中。时间越是往后，榨出的油也越少，但挤压所需的力气反而越大，旁边观看的乡亲也总是帮衬着与师傅们一起吆喝，直到滴油不出。每年秋收过后，油榨一开满村飘香，乡亲们用辛勤的汗水榨出了金黄金黄的油，也榨出了幸福的生活。

说起那碾盘，它由碾槽和碾轮组成，牛拉着碾轮，沿着圆圆的碾槽不停地循环转动压碎碾槽内的硬物。小时候我喜欢的事就是坐在碾轮的平台上，让牛拉着碾轮不停地转动，真有一种草原上快马加鞭，风驰沙场的气概，威风极了。村里小孩多，这等好事，也是全村小孩轮流着，一天能轮上一回就心满意足了。有时在拉碾轮的过程中，也会碰到生性怪异的牛，硬是不肯拉着碾轮走，任凭你怎么鞭打，就是原地不动。这时乡亲们想起了一个办法，找一块黑布蒙在牛眼睛上，牛儿又乖乖地拉着碾盘不停地往前走，转了一圈又一圈。那时我觉得乡亲们很智慧，也很可怜那牛的辛苦。

榨屋里碾米机那时可是全村唯一的"现代化"，村里的老人说，以前村里谷子收回家后，要利用那碾盘才能把米碾出来，这样不仅速度慢，而且会把米碾得细细的。自从村里有了这台碾米机，这些问题都得到了解决，方圆数十里的人都把谷子挑到这里来加工，有事没事的时候，大人小孩都喜欢到这里看热闹，乡亲们都叫它"现代化"。

有一天，我和邻居小堂叔去榨屋里玩，这碾米机自然最吸引人，堂叔叫我坐在碾米师傅的位置上，模仿着碾米师傅的动作，将手伸进下米口的转轴中，堂叔使劲用力拉动着转动轴的皮带，机器慢慢地转了起来。由于不懂这"现代化"的工作原理，我的手被直接压进了机器的转轴里，痛得我号啕大哭起来。这可把堂叔吓得不轻，他一溜烟跑到他外婆家躲了起来，生怕会被大人教训，许久都不敢回家。

那年回家榨屋不见了，榨屋肥沃的土地上长起了绿油油的庄稼。父亲说榨屋倒了，村里人把它给卖了。顷刻间，那份童年往事又浮现在眼前，大概是因为痛过，在榨屋里的时光也记忆得更深。

洋泥坦上的欢乐

在我小的时候，老家乡亲们建房子一般都是用石灰搅拌黄土作为黏合剂，农村很少人用高档水泥建房，一是水泥太贵，农民用不起；二是农村建房那时基本是土砖，水泥的黏合力度还没有石灰加黄土搅拌而成的灰浆效果好。有一年，村里出钱在村子东西两头的空地上，突然间倒出了两块大大的水泥地，那绝对是远近少有的事。

那个年代，煤油叫洋油，火柴叫洋火，做衣服的布叫作洋布，建房子用的水泥也被叫作洋泥。因此，乡亲们把这水泥做成的又宽又平的水泥地叫作洋泥坦。久而久之，这带有洋名的"洋泥坦"就成了地名，至今乡亲们还这样叫它。

我的小学是在大队杨储小学就读，离村里仅仅只有数百米，村东头的洋泥坦是我上小学的必经之路。每天上学时，母亲总是牵着我的小手，把我送到这村口的洋泥坦上，之后母亲踮起脚，一直看到我走进教室才放心地回家。放学时，母亲又会提前守候在洋泥坦上，等候着我放学归来。有一次冬天天下着雨，我因家庭作业没有完成，被老师放学后留在学校补作业，母亲竟然打着雨伞，站在寒风中足足等了一个多小时，寒来暑往，风雨无阻。我小学毕业后，母亲依旧每天准时接送弟弟妹妹，这一接就是十几年，直到我们兄妹三人都上初中，母亲才不再接送我们上下学。

小学期间的五年，我的学习成绩一直都名列前茅，每次期末考试后，我总能够手捧着奖状，回报着母亲的辛苦接送。每每这时，守候在洋泥坦上的乡亲们，总是向母亲投来羡慕的眼光，母亲也总是谦虚地向他们示好，并鼓励他们的小孩将来一定能取得好成绩，这大概是我给母亲辛苦付出的唯一回报。母亲奖励我的就是煮上一碗面条、煎上两个荷包蛋。那时农村的生活还很贫穷，能够吃上这一碗丰盛的鸡蛋面，还是挺奢侈的一件事。每次考试前，母亲同样也会早早地煮上一碗面条和两个荷包蛋，寓意考试中语文和数学都能够考取满分。母亲的这个奖励一直持续到我高中毕业。

洋泥坦还是我小时候玩耍的好地方。它干净平整，这自然成了村里女孩子跳方格的好场所。放学之后，女孩子争先恐后地跑到洋泥坦上，抢地盘画方格，然后几人一组在洋泥坦上快乐地跳着方格，输了的玩伴当马骑，赢了的自然有马骑，现在想来有些好笑，但却是小时候女孩玩得较多的游戏。男孩子在这里玩得最多的就属"搭蹬得"的纸游戏，大家找来废旧的纸张，把它叠成三角形或方形，再在上面写上霸道的名字，比如孙悟空、岳飞、吕洞兵、曹操等。比赛中，大家使劲用力把手中蹬得砸向地面上的蹬得，如果地面上的被砸翻面了，就算自己赢取了对方，几个人如此循环地玩着，久玩不厌，有时玩得连饭都忘记吃，天黑了还在砸，好几次父亲下班回到家，我都还在砸，没少挨父亲的教训。这些看似消磨时间的游戏，没有任何技术含量，更谈不上玩它需要多少智商，但它却给全村的小孩带来了童年的快乐。也许再过几年，这些儿时的游戏就销声匿迹了，到那时想玩也找不到玩伴了，真有点让人大失所望。

"燕舞"牌录音机

前几天，弟弟在微信朋友圈晒出了家里那台老式双卡磁带录音机的照片，让我的思绪又回到了那个年代，那悠扬的歌声仿佛又在耳边响起。

一九八九年的夏天，父亲出差到安徽芜湖订货时，顺便花两百多元，买回来了这台当时最为时髦的"燕舞"牌录音机，那句响彻大江南北的"燕舞燕舞，一曲歌来一片情"的广告语至今勾起许多人的回忆。它有约一米长，一尺高，左右两侧配有一个大大的音箱，再加上双卡的录音和播放双重功能，在当时真可谓是"高大上"。特别是机身中间镶有一个能够伴着音乐翩翩起舞的荷花彩灯，更能显示它的不一般。音乐一响起，霓虹闪烁的灯光向四处射开，刺激着每个人的眼球，刺穿着乡村漆黑的夜空，让老屋散发着迷人的光芒，老屋一时成了乡亲们的活动中心，夜夜有人高歌。

那时父母亲每天忙完农活回到家，第一时间就是打开录音机，把声音调到最大，循环播放乡亲爱听的各种歌曲，从流行歌曲《大约在冬季》《冬天里的一把火》到红色赞歌《东方红太阳

升》《我爱北京天安门》，从国粹京剧《红灯记》《智取威虎山》
到地方黄梅戏《女驸马》《天仙配》，只要音乐一响，左邻右舍的
乡亲便聚集而来听歌唱戏，有时乡亲还会拿起话筒高歌一曲，大
家轮换着唱，热闹了整个村庄。

　　母亲年轻时曾在文艺宣传队演过歌剧话剧，唱功演技都不
错，晚上忙完家务的母亲，经不住乡亲们的死缠硬磨，也常常会
与乡亲们唱上一曲。记忆中母亲演唱的最多的还是《红灯记》，
她清脆圆润的嗓音，抑扬顿挫的唱技，总是赢得乡亲的阵阵掌
声。母亲一边唱一边扮演着《红灯记》中李奶奶，30 岁的她把
剧中满头白发的李奶奶扮演得惟妙惟肖，十分传神。

　　我读初中的时候，学校正大兴举办文艺晚会，每每这时，我
总是把录音机借给学校班级办晚会，录音机超强的伴奏功能，五
彩绚丽的灯光，给晚会带来了动感的气氛。有一次学校举办晚
会，一位女同学为大家演唱了一首《粉红的回忆》，那甜蜜的歌
声，让许多同学情窦初开，那女生也从此成了大家的偶像。学
校运动会上的现场赛事播报、通讯稿的预先录制、为选手加油呐
喊、为冠军点播歌曲，我家的录音机发挥了功不可没的作用。初
三那年学校开运动会，学校安排我与一名刚从景德镇转学过来的
女同学担任播音员，我们本地的学生和老师都是用家乡话交流，
而那女同学说得一口标准流利的普通话，而且人又长得漂亮，一
时间成了大家心目中的女神，让许多男生大开眼界，女生羡慕不
已。那次运动会一土一洋的播音，也是千古奇闻，绝无仅有。

　　时代在发展，各类音响设备层出不穷，那台双卡磁带录音机
也慢慢淡出了大家的视线，但它为乡亲们送去的歌声和欢乐，却
永远萦绕在那小山村的上空，久久回荡。

黑白电视的记忆

　　每年春节回家，看到摆在厢房里的那台黑白旧电视，又勾起我对那段童年时光的美好记忆。

　　1986 年那年春节，父亲花一年的工资，从县城买回一台 14 英寸凯歌牌黑白电视机。电视搬回家那天，乡亲们不约而同跑到我家来看稀奇，人来人往，络绎不绝，整个客厅被挤得满满的。父亲迫不及待地打开纸箱，取出泡沫盒，小心翼翼地搬出电视机，再把它轻轻地摆在八仙桌上。然后对照电视机的说明书，拉出立杆和环形天线，插上电源，又非常缓慢地转动着电视天线，不一会儿屏幕上慢慢出现了有声音的画面，反复调试几次，画面变得越来越清晰，在场的大人小孩开心得欢呼雀跃，大家乐开了花。

　　当时山村信号弱，电视仅仅只能收到一个模糊的江西台。有时为了能够看到更多更清楚的电视节目，父亲只能把电视搬到四五米高的院门顶上，借助地势高多收到一两个电视频道。老家院子虽然很大，还是容不下全村的乡亲们观看。因此每天下午乡亲们就早早地在院子里摆好凳子抢占位置，一到晚上院子的角角落落都站满了人，有的小朋友甚至爬到树上观看，满树都是人，整个院子总是被挤得水泄不通，人山人海。

那时乡村的夜晚枯燥无味，黑白电视陪着我和乡亲们度过了无数个日日夜夜，童年的许多夜晚，我就是这样和乡亲们挤在一起看完了神话故事《西游记》《八仙过海》、民间故事《聊斋》、武打片《再向虎山行》《霍元甲》等。有时亲戚朋友娶媳妇、生小孩和乔迁新居时，为了热闹还会跑到我家借电视放上一个晚上，父母也总是非常大方地把电视借给乡亲们，从不吝惜，至今乡亲们还常常提起此事。

记忆中有一次看电视的情景让我终生难忘。那天晚上，父亲把电视搬到太婆的房间，为九十多岁的太婆作专场放映，当时正在播放黄梅戏，剧情中有一位白发苍苍的老人，太婆目不转睛地紧紧盯着画面，看得非常投入。突然她对坐在旁边的我父亲说："这不是我丈夫吗？他不是走了三十年了吗？怎么来的呢？"父亲沉默了许久，接着她又问我的父亲："那他头发怎么全白了呢？"太婆虽近百岁，但依然没有忘记曾经和她一起相守，如今已经离别三十多年的太公。有人说时间可以冲淡一切，其实时间永远冲淡不了家人对亲人的记忆和思念。

那年四月，太婆永远地离开了我们。父亲说，他们当初买电视有一个心愿，为的就是让太婆在有生之年能看上一回电视。虽然那台黑白电视已被时代淘汰，但对太婆的那份思念和记忆却永远那么刻骨铭心。

那年办班报

1989年元旦，我就读于汪墩二中初二（2）班，元旦正是我们班报《百草园》创刊之日，编辑部的五名同学，约好照相的师傅，中午跑到学校后边的山上，以青草树木为背景，留下了一张珍贵的合影，以纪念这个特殊的日子。

在我读中学的那个年代，家乡山村交通不便，再加上当时经济贫困，学校里根本没有任何报刊。为丰富校园生活，许多学校都兴起了自己动手办校报班报的热潮。于是我们班在张通斌班主任的支持下，成立由文艺骨干成广谋（左二）总牵头，由我（左一）和成明华（右二）负责文字，刘崇理（右一）和黄世凡（坐者）负责排版工作的班报临时编辑部。当时没有任何经费，大家仅凭着对文学的满腔热情和执着，一边向学校老师请教，一边向其他班报编辑部的同学学习，边做边学。特别是第一期创刊号，我们先用笔和尺子在一张试卷大小的白纸上，简单手工绘成了第一份图文并茂的样报，经过多次修改和校对后，再把它刻在蜡纸上，有时一张蜡纸要刻一两天才能完成。刻好之后再把蜡纸铺在手推油印机上，用滚刷蘸着油墨，在蜡纸上来回推动。第一次印刷时，大家技术不熟练，手脚又笨拙，弄得脸上手上都是油墨，十分滑稽可笑。但当看着一张张带着淡淡油墨香的班报出炉时，大家那高兴的样子，至今想起来也就在昨日。

编辑部成员

第一期《百草园》班报从准备到发行，我们前前后后总共花了两个多月时间，由于准备充分，制作精美，文学性强，一经印发就得到了全校同学的欢迎。后来由于需求量猛增，第二期开始，我们便以每期一角的成本价，卖给本校其他班级的同学，这样做既弥补了经费缺口，又扩大了班报的知名度。学校看到我们《百草园》班报办得出色，就邀请我们几位同学加入到校报编辑部，我们一边办报一边学习，我们在文字中找到了快乐，我最初的文学梦大概也源于此。

岁月悠悠，往事如烟，偶尔翻到这张老照片，看着每天随手就能读到的各种报刊，在感叹当年文学资源贫乏之时，更惊叹今天社会文明进步之快，真为生活在这个时代、成长在厦门感到幸福！

手笼的情怀

　　我的老家在鄱阳湖畔，冬天寒风凛冽，冷得无处藏身，火笼就成了乡亲们当时过冬取暖的必备家当。火笼的种类繁多，功能不同叫法也各异，坐在上面取暖的叫座笼，用来暖脚的叫熏笼，用来暖手的叫手笼。虽然大都是用泥土烧制或黄铜打造而成，但是样式各样，长的圆的居多，也有一些奇形怪状给小孩子用的火笼，如灯笼似鸭子，十分惹人喜欢。

　　家中有一个椭圆的铜制火笼，是太婆用来取暖的手笼，它平淡无奇，却承载着太婆对我无比的疼爱，睹物思亲，蓦然间我又回到了那个难忘的童年时代。

　　我依稀记得，冬天每次放学回家，脚还没有迈进门，太婆就朝着我大声喊："赶紧过来烤烤你那冰冰的手。"还没等我来得及回答，太婆那暖暖的手已经抱着我的小手，放在她那手笼上烤起来，那热气顺着手臂向全身蔓延，整个身子都暖烘烘的。碰到雨天从外面进来，太婆就让我直接站在她那手笼上，湿了的鞋子不一会儿就烘干了。时间久了，手笼上面的盖子都被我给踩断裂了，太婆没有半点生气，嘴里还总是炫耀地跟熟人说："这火笼盖都给这孩子踩坏了，又长大了不少。"接着太婆找来铁丝，自己动手把断了的地方连起来，原本完美无缺的手笼，硬是让我给添加了几条爱的伤痕，沧桑得真叫人怀念。

特别难忘的是太婆用手笼烧出的鸡蛋，如今想起来都令人直流口水。隔三岔五，或生日节日，或是家里母鸡有下蛋时，太婆都会烧鸡蛋给我们吃。太婆找来洗干净的新鲜鸡蛋，用打湿的废报纸在鸡蛋外面裹上七八层，再用铁丝把鸡蛋绑上两三道，把它放在取暖的手笼中。接着太婆像在烧制陶瓷极品一样，一会儿掀起火笼的盖仔细查看火候的大小，火大了用火笼盖把火焖小点，火小了她又弯下腰低着头，对着火笼用嘴使劲地吹，满脸熏得通红。过一会儿又用搅火的铁棒，非常娴熟地反复滚动着鸡蛋，让鸡蛋每个部位都烧得透彻。不久包在鸡蛋外面的湿报纸也被慢慢烘干，鸡蛋烤出来的香味，穿过门缝瓦隙散落在院子里的每个角落，路过的乡亲远远都知道，太婆又在烧鸡蛋给我们吃。

后来我们也学着太婆用手笼烧过几次鸡蛋，不知道什么原因，就是烧不出那味道来。岁月已过，对太婆的思念也渐渐变得更加凝重，那悲痛也常常到了极致。

难忘那孤儿牛

　　在农村，牛是农民最亲密的朋友，它是农民的命根子，是农民干活的好帮手，它任劳任怨地埋头苦干，从无怨言。我小时候放过牛，记忆最深的是村里一头大水牛，大家都叫它孤儿。

　　孤儿牛体格健壮，四肢粗壮有力，长着一对尖尖挺拔的角，看起来非常凶猛，一般女孩子都不敢放这头牛。别看它样子凶，可干起活来是一个好把式，大人都喜欢抢着牵它去干活，一两亩田不用中途休息，一口气给你犁完，村里没有几头牛干活比它快。

　　碰上农忙季节，天刚蒙蒙亮，乡亲们趁着凉快，就早早地把它拉到田里干活，一干就是一上午，中间只要给它添点稻草，喂点水就可以了，下午接着干，直到天黑。村里人都说孤儿牛好，孤儿牛听话，大家也总是会多割些草，多喂点饲料给它吃，以弥补孤儿牛辛勤的劳动。

　　有一次放牛，听村里大人说，孤儿牛它刚出生不久，母牛就死掉了，它没有吃过母牛一口奶，完全是靠村里人用米汤喂养大的。从此我对这孤儿牛更心生几分怜悯，觉得它从小没有了母爱，叫人觉得非常可怜，我也变得越来越同情它，对它格外关照，让它吃得饱饱的。

有几次看到农民犁田时，为了让它拉得更快些，经常会拎起鞭子抽打它，抽打发出的"啪啪"声，就像是抽在我们身上一样。我把这事告诉村里一起放牛的小伙伴，大家都和我一样很心疼它。后来在放牛时，我们都会把它牵到草长得最茂盛的地方。放牛回家时，每头牛背上都骑着一个男孩子，唯有孤儿牛没人骑它，其原因大概是它比较烈性，大家有些害怕，更重要的是大家对它身世的同情，舍不得骑它。

别看孤儿牛是一头牛，可它还挺通人性。有一回，我们到村里虎山上放牛，邻村的一头牛跑到了我们村的地盘上来吃草，被孤儿牛看见，它像脱了缰的马一样冲过去，用它的一对锐角攻击对方，两三个回合下来，邻村的牛就只能"三十六计，走为上计"。

有一年家乡发洪水，到处被淹没成汪洋，我们一群小孩被大港洪水隔在村子的对岸，要回家必须绕远道才行。那时，邻家小叔就是骑着孤儿牛来回数十趟，把我们一个一个地驮到了河的对面。现在想想，那时如果孤儿牛稍有一点不顺从，把我们摔到水里，真不知道会被洪水冲到哪个地方，后果不可设想。

回首放牛的岁月，虽然没有了"牧童骑黄牛，歌声振林樾"的幽雅情调，却让我收获到了"俯首甘为孺子牛"的吃苦奉献精神。行走在乡间的小路上，山水依旧，故乡已渐行渐远，我也已不是那曾经放牛的娃。

忠实的"大黄"

在生活中，我喜欢植物胜过喜欢动物，客厅里种花，阳台上种树，天台上种菜，对植物的痴迷，可以说无处不在，只要有空余的地方，我都会想方设法地种点花花草草，而对于动物的接触就相对甚少。究其原因，大概是小时候老太婆跟我说过："我们家不太适合养动物。"

记忆中，我们家养过一只狗，因为全身金黄，大家都叫它大黄。那年邻居家大母狗下了三四个小狗崽，用几块木板搭建的狗窝，就在我每天上学经过的路边。我们上学时看一回，放学路过时再看一遍，那小狗崽一个个长得胖嘟嘟的，来来回回不知道抱着逗过多少次，十分可爱。时间久了，那小狗崽也就跟我慢慢熟了，每次路过也总是晃动着小尾巴，像跟我们打招呼一样，我们渐渐成了好朋友。有一天无意中听邻居说，狗崽长大了都要送给人家养。如果都送出去了，那我不是以后就看不到这些可爱的狗崽吗？顿时感到很伤心，我央求邻居送我一只带回家养。几天后母亲从邻居那里抱来了一只小黄狗，全身毛色纯黄，没有一点杂色。小黄长大后，我们就喊它"大黄"，只要你一喊"大黄"，它总能气喘吁吁从某个方向跑来，累得直吐舌头，四肢趴在地上一动不动地撒撒娇。到了夏天，它会隔一两天时间，自己跑到村前小溪里或池塘里洗澡，常常引得好奇的路人看热闹，上岸后大黄把身上的水抖得干干净净才回家，左邻右舍的邻居都乐于接近它，逗它玩。大黄还有一个特长，那就是可以就地不断地翻滚，只要我们大声一喊"滚"，或者单脚一跺，大黄便条件反射地在原地迅速翻滚，再喊一声"停"时，它立马停止翻滚，整个动作干脆利索，活像动物园里训练有素的猴子一样机灵聪明，很会逗人开心。

最让人感到神奇的，也是让一家人感动的是，大黄还自觉承担起接送父亲上下班的任务。那时父亲在离家一公里远的供销社上班，每天傍晚下班时，大黄总会早早地来到父亲的单位门口，等着父亲一起下班回家。第二天一大早又会送父亲去上班，或前或后，或左或右，像保镖一样贴身，来回路上形影不离。父亲有时晚上单位临时有事，需要连夜回单位，没养大黄时，总是母亲把父亲送到村口，再站在村口的高处，直到看见父亲的手电光到了单位门口，母亲才回家。有了大黄后，晚上送父亲去单位的事就由大黄承担，它每次把父亲送到单位后，哪里都不去，都是先回家给我们报平安。母亲只要看到大黄到了家，也就知道父亲安全到了单位，让母亲少操了些心。

就这样，我们全家和大黄融洽地相处了四年多，大黄成了我们家庭中不可少的一员，邻里乡亲都很喜欢它，它给我们带来了不少欢乐。直到有一天傍晚，大黄从外边跑回来，之后在院子里四处跑动，不时发出"呜呜"难受的叫声，十分难受。母亲从堂屋里跑出来，看着大黄的样子，便大声地喊着说，大黄肯定是吃了有毒的东西。大黄痛苦地依靠在我的腿上，我感受到了大黄急促的心跳，还有那痛苦的样子。父亲连忙找来肥皂水灌进大黄的嘴里，想让大黄把有毒的东西吐出来，可是大黄还是永远地离开了我们。

我和村里的小伙伴都舍不得大黄，把它埋在了村西头的树林里。后来我就再没有养过动物了，不是不爱，而是怕失去像大黄一样忠实的朋友。

▼

第二辑

其乐融融一家亲

儿子跳水记

提起儿子跳水的事，大概得从他读幼儿园中班说起。那时大部分小孩都还是撒娇的年龄，我和爱人就把他送到厦门跳水队练跳水，现在想想还真是有点心狠。这一练就是十年，儿子除了获得一块块来之不易的奖牌外，还拥有了不怕苦的精神，这笔财富比奖牌来得更值得。

记得第一次去面试的时候，儿子还不会游泳，教练对他进行体形测试后，认为儿子是练跳水的好苗子。接下来，教练让他从跳水池边跳入池中，一个四五岁不会游泳的小孩怎么敢跳入水中。这时教练趁儿子不注意，从背后面轻轻地把他推到

儿子跳水训练

水中，只见儿子在水里胡乱地挣扎。过了一会儿，教练凭借保护绳，把儿子拉出水面，儿子被水呛得满脸通红。后来为了测试儿子胆量，教练让儿子在跳板上自行跳入池中，儿子犹豫瞬间之后果断跳入池中，在场的教练、家长和观众都为儿子"初生牛犊不怕虎"的胆量鼓掌。

从此儿子迈入了艰辛的跳水生涯，成了一名注册的跳水项目运动员，开始了夏练三伏、冬练三九的训练。那时，厦门跳水馆条件还很简陋，陆上训练场是一座老旧的铁皮房，夏天骄阳似火，室内温度有时高达三四十度，不要说训练，就是在里面坐上几分钟都是满头大汗；跳水池是露天的，强烈的阳光和无形的紫外线，把教练和队员一个个晒得黝黑黝黑的。再加上跳水池潮湿，又紧临厦门植物园，周边蚊虫非常多，队员们从池中爬上岸，常常被咬得满身是包。冬天，为了在室外跳水池中多练几个动作，队员们又只能忍着寒冷，喝着姜水，常常练到冷得实在下不了水，才转入室内陆上训练。那时训练条件虽然艰苦，但教练没有降低训练要求，队员们的训练热情也是无比高涨，教练和队员们克服重重困难，取得了一个又一个好成绩，多次囊括福建省青少儿跳水锦标赛的团体冠军和单项第一，为国家培养了一批又一批优秀的跳水运动员。儿子也先后取得了福建省青少年跳水锦标赛冠、亚军及福建省第十五届运动会第四名的好成绩，2012年被授予国家跳水项目二级运动员。

儿子都是利用放学后的课余时间进行训练，当别的同学放学后或周末可以轻松地在家做作业温习功课时，儿子却要背着书包，急急忙忙赶到跳水馆，换上训练服开始训练，每次跳完回到家都是晚上八九点，吃过饭洗个澡再做作业，常常都要到十一二点才能上床睡觉，周六周天的训练更是满负荷。最让人胆战心惊的是，在一次十米跳台训练时，由于入水角度把握不好，儿子被水拍晕，好在现场应急做得好，没有什么大碍，我和爱人都被吓着，儿子却根本没有半点畏缩和害怕，依然坚持要练。后来我常常自责，儿子的童年比同龄孩子多吃了很多苦。

记忆特别难忘的是 2007 年福建省青少年跳水锦标赛，比赛地点在厦门跳水训练馆，家里的亲戚朋友，儿子的许多小伙伴们，都来到现场助威呐喊。由于比赛选手水平相差不多，前两跳儿子动作和水花都处理得非常好，成绩稍微领先；第三跳和第四跳因为入水角度稍大，没有很好地压住水花，成绩被第二名反超一点点；接下来最后一跳，如果儿子能够超过第一名 0.02 分，就能够顺利取得本次比赛第一名，面对比赛现场的压力，儿子选取了一个难度系数比较大的动作，只见他站在高高的跳台上，屏住呼吸，纵身一跳，十分完美地跃入水中，赢得了在场观众的掌声。当裁判员宣布成绩时，儿子仅以微弱的 0.01 分差距赢得了亚军。儿子的眼中噙着泪花，这也是我第一次看见他落泪。

回家的路上，本来打算退出跳水训练的儿子，毅然决定还要再练一年。

第一次照相

　　每次翻开影集，这张全家福照片就会勾起我对童年时光的怀念。这是我们家的第一张全家福照片，也是我第一次照相。

　　1981 年冬季的一天，全家人围在火炉旁烤火聊天，屋里暖烘烘的，忽然响起一阵轻轻的敲门声。我打开门，一位四十来岁的师傅，头戴一顶大绒帽，身穿厚厚的大棉袄，肩背一个黄挎包，脖子上挂着一个海鸥牌相机站在我的面前，原来是一位上门给人照相的师傅，后面还跟着一群看热闹的乡亲。那时农村人家经济都比较拮据，愿意出钱照相的没几个，大家都喜欢看热闹，照相师傅生意惨淡，一天也拉不到一单生意。

父母和我们三兄妹

　　由于这年弟弟刚出生不久，爸爸便把照相师傅请到院子里准备照张全家福。照相师傅动作娴熟又迅速地在我家院子后墙上挂起了幕布，全家人急急忙忙地换衣服、梳头发，就像大过年准备走亲戚一般的隆重。要开始照相了，爸爸搬来一条四脚长凳，抱着四岁的妹妹坐在左边，妈妈抱着三四个月大的弟弟坐在右边，我就像"小皇帝"一样坐在爸妈的中间，按现在的说法那就是"C位"。爸爸还将家里唯一的电器"红灯"牌收音机放在我手里。那时农村人家有这"高档电器"的寥寥无几，能抱着收音机照相是很光彩的，妹妹弟弟分别抱着一个大苹果。这些道具现在看来没什么新奇，但在那个年代的确很让人羡慕。一切准备就绪，我家院子里早已被村里人挤得水泄不通，照相师傅一边吆喝着让开点，一边比画着让我们全家看镜头。现在想想，那场景还真有点像大剧组拍电影一样热闹。最后在照相师傅轻轻按下快门的一瞬间，我们全家留下了这一美好的回忆。

　　数码时代人人都是摄影师，照相早已不是什么稀罕事，家人们可以经常在一起拍全家福。这张全家福照片的拍摄过程永远地烙在我的记忆里，它不仅为我们全家人留下了难忘的瞬间，还记录着一个时代的发展、一个国家的富强。

父子特殊情

在同龄人和兄妹中，我应该算干活比较少的，正当能干点农活时，就背上行囊当兵去了。虽然活干的少，但是那一次跟父亲干活的突发事，至今还让父亲担心后怕。

高一暑假那年，老家遭受了一场大洪水的肆虐，许多乡亲的庄稼鱼塘被淹，农田堤岸冲垮，损失严重。然而洪水再厉害，也阻挡不了勤劳的乡亲们恢复生产的步伐，全村一场"恢复生产，重建家园"的行动在如火如荼地进行。村西头我家破丘里的农田也被冲垮了一大块，这可是全家的口粮地。于是洪水之后，父亲便带着很少干活的我去修复堤岸，父亲把早就剁好的木桩放好位置，便叫我扶着这木桩，父亲吃力地高高拎起那重重的木槌，木桩在父亲的吆喝声中慢慢地向土里挪进，连续打了几根木桩之后，父亲已累得满头大汗。也正在这时，突然可怕的一幕发生了，父亲拎起的木槌木柄与槌头松动了，在砸向木桩之时，槌头快速朝我飞了过来，速度之快让我根本来不及躲闪，木槌的槌头直接砸向我的胸脯，巨大的冲击力把我当场砸得不省人事晕了过去。

当我醒来时，我已经躺在了新桥老街的医院里，父亲、母亲还有许多亲人都守候在我身边，他们一个个焦急得像热锅上的蚂蚁。后来医生说，幸好父亲懂得一些应急医疗技能，为救助赢得了宝贵的时间和空间。出院后，经过母亲的精心照料，我的身体很快就得到了康复。

第二年我报名参军，入伍体检前，父亲担心前一年被砸的地方会留下后遗症，害怕影响我入伍。当顺利通过入伍重重体检关时，父亲脸上才露出了久违的微笑。入伍到部队后，父亲又牵挂着我那次受的伤，担心新兵连部队高强度的训练旧病情会复发或受到影响。父亲在每次来信中都提及此事，也常常对当初叫我去帮忙扶木桩干活的事后悔莫及。直到第二年，父亲见到第一次从部队探亲回来的我，看着我迈着矫健的步伐走向他时，父亲悬着的那颗心才算落地。

三十年过去了，每次回老家与父亲聊天谈起此事，父亲依然忐忑不安，内心的那份担忧又涌上心头。我总是开玩笑地安慰父亲："大难不死必有后福！"以此减轻父亲对我的长久牵挂。人生中因为有了这件突发事，让我更加懂得了父爱的永恒，我与父亲之间又多了一份特殊的无以言表的父子情。

父爱如山

计划经济年代，父亲在乡供销社当主任，工作还算好，收入也还过得去。勤劳的父亲一边工作，一边种田，他把田种得比谁都好，村里无人不夸父亲勤快能干。

小时候读书，学生的书包里除了课本就是作业本。然而在那个年代，父亲却从邮局给我订购《初中数理化》《中学生作文》等月刊供我学习，全校少有。在家里，父母还专门腾出一间房给我当书房，配上了书桌书箱书架，这在当时也是全村数一数二。后来我参军入伍，没能如愿参加高考，但父亲对我的良苦用心却让我终生难以忘怀。

父亲在单位工作时，总是正人先正己，从不沾公家半点便宜。在工作中，单位有个别损公肥私、变相获得好处的现象，父亲及时进行查纠。单位下岗分流，父亲本可以继续留在岗位上，却带头分流下岗，未领取到一分钱补偿，还坚持到最后把单位下岗分流的事处理得妥妥当当。那时，许多即将退休职工的待遇也因下岗受到影响，他们把所有的恩怨都归结于父亲身上，父亲理解他们的苦衷，却又没有办法解决他们的困难。有时单位退休的老同志，总是一起跑到我家来闹，碰到我们正准备吃饭时，他们就把我家桌上的饭菜吃个精光，以此发泄自己的愤懑，但父亲也总是宽以待人，母亲也总是开朗地笑笑说再煮些。父亲下岗了20年，无分文收入，无半分亩地，与母亲弟弟妹妹共渡难关，而我却深在军营，没能担起照顾家庭生活的重任。父亲60岁领到养老退休金时，心里一直感谢党的政策好，父亲是一名老党员，他对党的那份感恩之情令人动容。

去年回家，我无意中打开尘封的书箱，看到了父亲的一本记事本，上面密密麻麻写满了我入伍以来与父亲的书信来往，什么时候父亲寄给我信，什么时候父亲收到我回信，什么时候收到我寄的照片，上面清清楚楚，一目了然。看完后内心五味杂陈，也许在当时，父亲是数着日子等我的每封来信，这记事本是父亲对我无限牵挂和思念的见证，也更加让我懂得了父亲的心细，珍藏着父亲对我无言的爱。那时我出远海训练任务多，父母亲有时两三个月都不能收到我的回信，现在细想，那可是父母亲最煎熬的日子，而我因工作的特殊性，却无法给父母及时回信，至今还是感到深深愧疚。

有一次在老家陪父亲散步，我跟父亲说，等我退休后，我一定回老家来照顾你和妈妈，为你们做饭端水，陪你住在乡下养花种菜。父亲爽朗地笑着说，他应该没有那么长寿。我说，不会！现在大家生活条件好，活一百岁的人多得很！

父亲笑了，希望我心如愿！

母爱似火

那年春节，我们全家从四季如春的厦门回到了老家江西，天寒地冻加上水土不服，爱人除夕之夜胃痛难忍。村里没有医生，想买点胃药还得到几里路外的邻村去。门外凛冽的寒风夹带着鹅毛般的雪花呼呼地号叫着，我穿上一件厚厚的棉袄正准备出门，母亲急忙忙从房间跑出来说："等等，我拿把伞跟你一起去。"我说："妈，我都这么大了，一个人去就行，邻村的路我还记得怎么走。"妈说："天这么黑，城里灯火通明，哪像我们乡下黑灯瞎火，小孩子不要一个人走夜路。"

去村医家的那条路，母亲不知道走了多少次，也不知道母亲摔过多少次。在小的时候，父亲在外地工作，晚上碰到我们兄妹谁有个感冒发烧或不舒服时，都是母亲一个人去邻村请村医上门来看。那时远近十几个村，只有一个乡村赤脚医生，加上没有任何通讯工具，需要请医生上门来看病都是走着去医生家里请，有的时候碰到医生已经出诊，母亲又要按医生家人说的地点一路寻去，辗转三四个村庄奔走七八里路是常有的事。那时爷爷也是一直卧病在床，病情时常反复，这更增加了母亲请医求药的次数，母亲硬是用她柔弱的双肩扛起了照顾我们的重担，从来没有半点怨言。

雪一直在下，泥泞的小路弯弯曲曲，我一边和母亲聊着家常，一边扶着她深一脚浅一脚地向邻村走去。母亲边走边跟我说："我和你爸身体现在都很好，你离家那么远，爸妈又照顾不到你们，全靠你们自己。生活上不要太节俭，如果需要老家的土特产，打个电话过来我帮你寄。厦门车多人多，出门千万要注意安全……"母亲紧紧地拉着我的手，就像小时候母亲接送我上学放学一样，看着六十多岁满头白发的母亲，顶着寒风艰难地陪我前行，我一进竟无语凝噎深深陷入了内疚之中，内疚在母亲生病时，我却远在他乡没能回家为母亲送上一口汤水；内疚在母亲受到委屈时，没能好好安慰母亲几句；内疚在母亲眼睛视力衰减时，没能带母亲做一次彻底的检查，而自认为母亲眼睛的模糊是年事已高；内疚在母亲来厦门那段时间，没能抽出更多的时间陪着母亲到处走走看看……此时，泪水模糊了我的视线，我偷偷地擦了擦眼睛，紧紧地搀扶着母亲向前走去。

雪越下越大，母亲那朴实的话语却像火一样温暖着我。我在外工作三十多年，母亲对我的关爱不但片刻没有间断过，反而随着时间的推移而变得越来越强烈，我深深懂得，哪怕我满头白发时，在母亲的眼里，我依然还是个大小孩。

感谢母爱伴我一路成长与前行。愿天下的母亲都快乐安康！

母亲背我过"雪山"

老家东面有一条崇山峻岭的杨储岭山脉，山脉由南向北依次延伸，依山脉而分为东西两半，山脉以东称为东边，山脉以西称为西边。山上一条羊肠小道是两边乡亲往来的唯一通道，弯弯曲曲，绵绵不断，镶嵌在陡峭的山壁上，山路蜿蜒足有六七公里长。

那年冬天，大概我六七岁的时候，母亲带我去东边看望生病的亲戚，在返回家的山路上，突然遭遇大风雪，一时间整个山上狂风夹带着小冰雹呼啸而来，那冰雹斜斜地重重砸向地面，也毫不留情地砸在母亲和我的身上，那"噼噼啪啪"的声音，让人心有余悸。母亲生怕天冷冻着我，冰雹打着我，她解开外套，紧紧地把我抱在怀中，我就像一只小袋鼠般被裹在母亲温暖的怀抱里。山路越爬越高，临近山顶时，整个山巅已经是白茫茫的一片，那条小路也被那厚厚的积雪淹没了，根本无处寻觅，远处山脚下的村庄也渐渐消失在视线中，抬头望去一望无垠。荒凉的山顶上只有那几只小麻雀，在雪地上欢蹦乱跳地觅着食，又像是在给我和母亲引路和作伴，它们的到来，让本来荒凉得让人害怕的山顶，略有了一丝生机与活力。

　　雪越下越大，路上的积雪有一尺多厚，淹没了母亲整个膝盖，母亲每走一步，总是先小心翼翼地、试探性地伸出一只脚，再慢慢地移出另一只脚，但由于山上到处是坑坑洼洼的窟窿，母亲已经无法用脚试探到地下的虚实，聪明的母亲找来一根长长的树枝，像盲人探路一样，一手抱着我，一手借助树枝试探地向前一步一步爬行，可母亲还是多次掉入坑里。每次跌倒之后，母亲爬起来的第一件事不是去看看自己有没有被摔伤，而是把我抱得更紧，并轻轻地抚摸着我的头说："宝宝不怕，有妈妈在！"立刻间，一股暖流从内心迸发而出，母亲就像一位钢铁战士，用她那两只炯炯有神的眼睛，不断地扫视着四周，探视着前方。母亲的沉着和呵护，让我幼小的心灵立刻感受到了"有妈妈在身边，即使天塌下来也有妈妈帮我顶着"的安全感。就这样，在母亲无数次的跌倒，又无数次爬起来之中，母亲一会儿背着我，一会儿抱着我，终于翻过了这座雪山，安全回到了家里。

　　"人生之路无坦途，走出困境天地宽。"人在旅途，工作生活中难免会遇到困难和挫折，但只要想起母亲那句"宝宝不怕，有妈妈在！"那种勇于与困难作斗争的精神和安全感便油然而生。

父亲的记事本

　　春节回家，打开尘封多年的旧书箱，在书箱的一角，一本已经凌散而开的记事本映入眼帘，从它发黄的肤色就能感觉到，这是一本有些时间的记事本。翻开它，账本上那熟悉的字迹，我一眼就认出这是父亲写的，再仔细一看，记事本十分详尽地记载着我入伍后，父亲与我近十年来的信件往来，顿时一股热泪脱眶而出，往事历历在目。

　　1992 年 12 月 13 日我离开家乡参军入伍，父亲在记事本的第一行清楚地记载着我离开家乡的时间，那天我们顶着狂风暴雨踏上军旅之路，临行时，父亲跟随送兵车辆一路跑着送我，那情景犹如昨天一样。记事本的第二行写着：1992 年 12 月 30 日收到部队第一封信（照片）。其实这封信并不是我从部队寄出来的，而是从半途上寄回家的一张照片。这是我第一次亲眼所见长江里来回穿梭的运输船，两旁堤岸上的黄土都被水冲得塌进江里，把江水染得黄黄的，十分浑浊，江豚（俗称江猪）三两成群地在江水里嬉戏，它们一会儿沉到江底，一会儿又浮出水面呼吸，更有调皮捣蛋的直接跃出江面，在船头方向的空中划出一道弧线，有一种"欲与天宫试比高"的斗志。

乘海轮出发，离开码头后就进入一望无际的大海，海轮就像我们老家的小镇，用的吃的东西都很齐全，就连照相的师傅都有，真是方便。第一次穿上梦寐以求的军装，又见到心中向往的大海，我和几个老乡每人花五元照了一张相，照相师傅给我们每人一个信封，让我们写上家庭地址，等照片洗出来后再寄到家里。后来母亲说收到这封信时，她哭了很久，问她原因，母亲说看到我照相时紧锁眉头的样子，她猜测应该是初次坐海轮不适应出现了晕船，照片上难受的表情加深了母亲对我的思念之情。在20年的从军岁月里，母亲每次都能从我的书信和通话中感受到我的内心世界，真可谓母子心连心。记事本的第三行写道：1993年元月7日收到部队第三封信。这封信写于我入伍后在部队过的第一个节日元旦，当时正处在三个月的新兵连入伍训练，元旦也只是象征性地放了一个小时假，以便让我们写写家信报报平安。记得很清楚，在那一个小时的时间里，我一口气写了十几封信给家人亲戚同学报平安。父亲也在收到我来信的第二天12月31日和元月8日给我回了信。翻开记事本可以清楚地看到，仅仅1993年1月份，父亲和我就有十余封书信往来，从此我和父亲开始了长达近十年的"拉锯式"书信往来，如今想想那"家书抵万金"的日子真是让人煎熬和等待。

"江水三千里，家书十五行"，书信已渐渐被手机所代替，但父亲的那本记事本却永远珍藏在我的心里，它不仅记录着我与家人书信的往来，更记录了家人对我的无限牵挂和思念。

父亲的脸

俗话说得好："孩儿脸一天变三变"，套用这句话形容父亲的脸，那就是："父亲的脸一生有三变。"我是在父亲脸色的变化中逐渐了解社会的。

20 世纪 80 年代初，父亲是一名供销社售货员，那时是计划经济，到商店购物都得凭票据，买布要布票、买油要油票、买肉要肉票……当时老百姓手里的钱不多，商店的货物品种也十分单一，但供销社是老百姓唯一的购物场所，所以购物的人总是很多，碰到过年过节还得排起长长的队。那时父亲脸上总是流露着开心和得意的表情，开心的是每月可以领到几十元工资，得意的是有时还可以帮左邻右舍、亲朋好友购物行个方便。我也在父亲的微笑中度过了自己快乐的童年。父亲的工作是"铁饭碗"，也就是说父亲退休后可以领到退休工资，我也可以顶替父亲的工作成为国有企业的正式职工，在那个年代确实让人羡慕。

随着经济体制的改革，父亲被下岗分流。他在电话中失落地跟我说："供销社倒闭了。"父亲的工资可是家里唯一的经济来源，是全家生活的依靠和保障，一家人的生活似乎回到了解放前，父亲也总是为丢了"铁饭碗"而感到沮丧和自咎，唯恐晚年生活没有保障。那时我参军在部队，从父亲每次给我的来信中，我深深感受到他的焦虑和不安。在那段岁月中，好在父母勤劳耕耘，日出而作，日落而息，曾经在供销社样样精通的父亲，一时间竟然成了村里耕田耙地的行家里手，村里人对父亲放下身段，勤劳能干刮目相看。那时父亲吃的是商品粮（现在称为城镇户口），没有田地，父亲硬是用四个人的田地种出了五个人的口粮，这种日子持续了很长一段时间，直到我们子女都工作和父亲退休后才得到缓解与改变。

随着国家社会保障制度的完善，父亲在 60 岁时领到了退休工资，全家人也都有了农村医疗保险，老百姓的生活有了更完善的保障。父亲高兴地说："现在老家搞新农村建设，路变宽了，路灯也亮了，咱村里人都有了农村医疗保险，我也领到了养老金，养老金足够用了。"父亲让我常回家看看。带着父亲的心愿，我踏上了阔别多年的故乡，映入眼帘的是宽阔的柏油马路，整齐的枫树尽情地在道路旁舒展着，"村村通"工程把公交车引到了村口，乡村通了有线电视、电话、自来水，街道上大大小小的商店商品琳琅满目，老人们或在家唠嗑带小孩，或聚在一起打牌下棋，其乐融融。

家乡变美了，父亲的脸上又露出了笑容。

微信惹的祸

母亲不会用微信，可在母亲与我之间，却发生了一件因微信而引起的故事。

那年秋天一个周末，喜欢在楼顶天台摆弄花草的我，不小心一脚把楼顶的隔热层踩破，右脚踝被水泥块蹭破皮肤鲜血直流，回家后，我找来碘药水稍微进行了一下消毒，便无大碍。

带着一丝好奇，我用手机拍下脚受伤的照片，图文并茂地在朋友圈发出了一条"我这脚到底算不算工伤"的微信，算是给我的微信朋友们添点乐料罢了，根本没放在心上。不一会儿，微友们不是点赞就是唯恐天下不乱，跟帖更是一波接一波。甲半开玩笑地说："这多好，明天可以光明正大不用上班。"乙调侃说："家中缺什么水果，明天去看看你。"一时间，好像我受重伤一样。我开玩笑地给大家统一回了个"感谢大家关心"的帖子，以示谢意。

第二天早上刚到办公室不久，手机响起，是母亲的电话。我焦急疑惑地想："前天刚跟母亲打过电话，今天母亲怎么又打来电话？不会有什么急事吧？"我赶紧接听电话，还没等我开口询问，母亲便问："你现在在哪？"我告诉母亲我在单位上班，紧接着，母亲用质疑的语气对我说："你在骗我！"此时的我，真有点丈二和尚摸不着头脑，明明我就在单位上班，母亲怎么不相信呢？经过与母亲的交谈我才得知，原来都是那条微信惹的祸。母亲在妹妹手机里看到我发的那条微信，由于照片的色差，特别是照片中脚踝上被蹭破的两个红点，让母亲误认为我的脚是从左刺穿到右，伤得一定很重。经过我的再三解释，母亲还是半信半疑。后来，母亲为了证实我在办公室，竟把电话打到办公室的座机上让我接。坐在办公桌前，接着母亲从老家打来的求证电话，思绪又莫名地飞到那个生我的山村，莫名的思念又涌上心头。

"儿行千里母担忧"，事情过去了一段时间，但每当想起这件事，我心里总是感慨万千：母亲已满头白发，却依然时时刻刻挂念着远在他乡的我。这条微信虽然已被我删去，但却永远删除不了我对母亲的感恩之情。

父亲与三个橘子

想起父亲对长辈的孝心与爱心，有件事一直让我深受感动。

那年冬天，我大概四五岁的时候，父亲在离家十几公里的北炎乡食品公司工作，那时交通不便，虽然县城每天有往返班车，但为了节省开支，父亲大概每周才回家一次。家里的农活，生病的爷爷和八十多岁老太婆的生活起居，都是母亲独自承担，勤劳善良的母亲从无怨言，总是把家打理得井井有条，庄稼也种得不比村里有劳动力的人家的差，一家人过得其乐融融。

父亲在单位勤劳能干，跟他的师傅学到了一手做糕点的好手技，深得师傅的喜欢。每年中秋节，父亲都要给我们兄妹三人和邻居小朋友，每人做一个小小的中秋月饼，用金橘、冰糖和芝麻粉搅拌在一起做馅，再在馅中添加一些红的、黄的、绿色的什锦水果条，十分诱人。平时周末回家的时候，父亲也偶尔会带一些小的糕点饼干给我们吃，带得最多的就是我们当地最普通的排饼，几十个拇指大小的小馒头粘成方形，再放在炉上慢慢烤制而成，又香又脆。因此，隔三岔五，邻居小孩就会念叨我的父亲什么时候回家，我和邻居小孩的心思也一样，只是盼望着父亲能给我们带来好吃的排饼。

有一次父亲晚上回家的样子十分难忘，虽然没有亲眼见到，而是后来母亲告诉我的，但却深深印在了我的脑海里，他让我更深深懂得了什么叫孝顺。母亲说，那年爷爷病重，父亲回家的次数也比平时多了起来，有一次回家，母亲跟父亲说，爷爷现在什么都吃不下，就只想吃橘子。可在那个经济萧条、物质贫乏的年代，特别是在冬天，就算有钱也很难买到橘子，父母亲四处托人都没有买到橘子，一家人很是无奈，父亲只能依依不舍回到了单位上班。我猜想父亲当时也根本没有心思上班，他整个脑海里想得最多的一定是为爷爷买到橘子，母亲在家里也是逢人就问哪里能买到橘子，却始终未见橘子的踪影。

一天晚上突然有人敲门，母亲在想这么晚是谁呀？母亲打开门，看见眼前的父亲全身上下都是泥巴，还没等母亲问发生了什么事的时候，父亲已经奔到了爷爷的房间，急忙从口袋里仔细掏出了三个橘子，爷爷一脸惊然，满是疼爱地看着全身泥巴的父亲，他似乎明白了什么，脸上慢慢露出了久违的笑容。

后来才知道，原来是父亲的同事给了父亲三个橘子，父亲舍不得吃，趁着下班时间，向同事借了一辆自行车快速往家赶。山路崎岖不平，天寒地冻，天又下着小雨，为了让爷爷早一点吃上橘子，父亲使出全身劲蹬着自行车，雨天路滑，回家心急，父亲连车带人摔到了路边的田埂下。当父亲爬上来后，摸了摸口袋，发现只剩下两个橘子，还有一个不见了。"必须把这个橘子找回来！"父亲这么想的，于是他又跳下田埂，在雨夜里摸着找到了那颗橘子。他顾不上眼前的黑暗和被摔的疼痛，一路赶到家才知道自己的脚流了很多血。冬夜寒意袭人，父亲被淋成了"落汤鸡"，可父亲的内心却是十分开心，因为爷爷吃到了橘子。

　　这件事过去了四十多年，可父亲与三个橘子的故事，却一直在教导着我们要做一个有孝心的人。

我和妹妹去摘花

　　春天到了，漫山遍野的野花绽放，红的杜鹃，白的梨花，粉红的桃花，把村前的整个山冈装点得美丽极了。俗话说："爱美之心，人皆有之。"一到这个季节，村里的大姑娘和小伙子都会相约到山冈上去采摘野花。妹妹爱花，我带妹妹一起摘过很多次，但有一次让我至今记忆如初。

　　那是一个周末的下午，我和几个小伙伴相约去村东头木鱼山上摘花。木鱼山因形如木鱼而得名，山不高也不陡，山的东面长满了郁郁葱葱的杉树，排列得整整齐齐，像一把把没有撑开的雨伞；山的另一面则长满了矮矮的、只有一人来高的灌木丛，灌木丛中穿插盛开了许多野花，数杜鹃最多最艳。那时年龄小，我们村的小孩子都不太敢去阳储岭大山上摘花，听大人常说，杨储岭上豺狼多，以前还有人看见过老虎，至于是真是假我们也不知道，但是野猪多这倒是事实。有时到了深夜，我们住在村里还能远远地听到野兽的嚎叫声，村里几个打猎的还打到过豺狼等凶猛的动物。木鱼山离村口只有百米，旁边又是村委会和学校，来来往往的人很多，即使发生什么事，也能得到附近大人的及时相助，唯一可怕的是，山上有很多坟墓，心里总感觉很害怕。

那天到了山脚下，担心山上的木柴和刺会伤到妹妹，我让妹妹在山脚下的水坝上等我，我和同行的小伙伴们沿着小路爬上了山顶，大家兵分几路，分别从山顶向山脚采摘而去。这些灌木属于村里公有，平时两三年才进行一次集体砍伐，长得又高又密，足够淹过我们这些一米左右的孩子，我们一边探路一边采摘野花，山上野花以红色和黄色较多，红色的我知道叫杜鹃，它不仅可以观赏，而且还可以把它揉搓成团用来吃，味道酸酸的。黄色的花至今我也不知道它叫什么名字，但听村子里的人说这花有毒，因此我们总是离它远远的，连碰都不敢碰。

天渐渐暗了下来，我们也都采摘得满满的，正当准备下山时，忽然听见妹妹在山下吓得大哭，我顾不了手里的杜鹃花，赶紧朝山下跑去，远远地看见妹妹蹲在地上哭。妹妹说看到从山上跑下来一只动物，由于天色较黑，至于什么样子，妹妹分不清楚。回到家，父母知道这件事后也很担心我们的安全。父母说在他们小时候的那个年代，曾听说发生过豺狼咬伤小孩的事，这事每年在村里都会传上几遍，也有的乡亲说那肯定不是豺狼，因为狼喜欢成群出现，也不会主动攻击人，村里人怀疑可能是狼狗之类的动物，从那以后我再也不敢带妹妹他们去那山上。

后来父母每次上山砍柴，总会顺手帮妹妹摘些鲜花来，我们有时也会跟着父母一起到山上去砍柴，父母砍柴，我和妹妹就在附近摘摘花，那快乐真是无忧无虑。时光荏苒，白驹过隙，每每再谈起那次摘花的事，又勾起了我们兄妹之间小时候的许多回忆。

带妹妹去看爸爸

1982 年元旦，我带着妹妹去看爸爸。爸爸工作的地方离家有十来里路，工作繁忙加上山村交通不便，爸爸时常一个星期也没能回家一次。元旦前一天晚上，征得妈妈同意，我和妹妹决定元旦当天步行去看爸爸。那年我 8 岁，妹妹 5 岁。

一大早，我和妹妹就出发了。那时没有电话，我们去之前，爸爸根本不知道我会独自带着妹妹去看他。崎岖的十来里路，要经过七八个村庄，村里的每家每户都养着一条凶猛的看家狗，半路上还要蹚过一条河，冬天河水虽然有些干涸，但在河边行走有时很容易滑进去。特别是途中两三处坟地，阴森森的。出发前，妈妈再三叮嘱我一定要带好妹妹，在路上千万不要玩水。

这是我第一次带妹妹独自出行。一路上，我小心地牵着妹妹的小手，牢牢记住走之前妈妈的叮嘱，生怕发生什么意外，这也是我第一次体会到做哥哥的责任。十来里的路程，我和妹妹足足走了一个多小时。当我和妹妹到达爸爸单位的时候，爸爸简直不敢相信自己的眼睛，高兴得把我和妹妹都抱了起来。为了把我们安全到达的口信带给在家的妈妈，爸爸守在路口等了很久，才托熟人捎回了口信，妈妈等到爸爸托人捎回口信后才深深地舒了一口气，她那份不安的心才算放下。

我和妹妹

那天，我和妹妹都穿上毛线衣外套——在那个年代，能穿上这外套绝对称得上是时髦。爸爸单位的一位叔叔看到我和妹妹来了，又穿得如此时髦，急忙拿出相机为我兄妹俩拍下了这张极为珍贵的照片留作纪念。那时农村的房子都是泥土砌成的，照片上的砖瓦房在当时山村就像如今的别墅一样显眼，因此照片就选择了以这栋还未建完的房屋为背景。现在看起来不足为奇，但却是那个时代山村的一个印记。午餐时，爸爸特意在单位食堂多买了两份红烧肉，我后来才知道，那两份红烧肉是爸爸三四天的伙食费。

我的太婆

对于太婆早些年的事，我是在她去世后才逐渐听村里人说的。不过说事的人也都是太婆的后人，因为太婆是村里至今最长寿的老人。我们老家称爷爷的奶奶为太婆，我是他们的玄孙。

太婆对待生活积极乐观，她总是笑对人生，在任何困难面前从不低头，她把自己全部的爱都给了自己的晚辈。她一生缩衣节食亲手抚养长大的小孩有好几个，太婆乐于助人，在左邻右舍、远朋近友遇到困难时，她总是伸出援助之手，尽力帮助他人渡过难关，有时家人不理解，太婆总是笑着说："大家一起顶顶就过去了！"她对待别人大方，对待自己却很吝惜，鸡下的蛋她舍不得吃，晚辈给的零花钱她舍不得用，过年过节家人要给她添置新衣服时，她总是笑着说："我又不出远门，衣服只要能遮风抗寒就好了。"

我从小到大，直至去外地读书之前，都是跟着太婆住，她把好吃的经常藏在自己的床底下或木柜里。那时家里养了很多鸡，只要听到母鸡下蛋一叫，她就跑到鸡窝边把蛋捡起来放在自己的床底下，这一小筐那一小筐，我没有少吃太婆烧给我的鸡蛋。特别有意思的是，有一次老母鸡竟然从太婆的床底下带出一窝刚孵出的小鸡来，太婆看见还喊着说："这是谁家的一窝鸡跑来这里来吃食？"一家人也感到莫名其妙。后来才知道，原来是太婆床底下的鸡蛋有一筐忘记拿出来吃，恰好被老母鸡孵出小鸡来。仔细一找，床底下还有许多过期变质的鸡蛋，但她自己却舍不得吃一个。

八九月甘蔗收获的季节，父亲把整捆的甘蔗从地里拉回家，准备窖藏在院子的土堆里保鲜，以备春节前再挖出来吃。太婆看到这么多甘蔗，便想着抱一捆到自己的房间留给我吃。想不到的是，冬天天寒地冻，空气干燥，一根根甘蔗被风熏干了，没有一点水分。父亲准备拖出去扔掉，她又舍不得扔，她把甘蔗砍成一小段一小段，再把它放在一个小铁盆内，不停地用小铁锤敲着给我吃。我不吃，满口牙掉光的太婆也吃不动，看到她开心地吮着敲出来的甘蔗汁的样子，感觉太婆就像小孩一样，一家人也很开心。

后来太婆也变得越来越糊涂，明明晚上吃过晚饭，她却跟我妈说，她和我都没有吃晚饭，于是她又开始从床底下找出鸡蛋烧着给我吃，好多次太婆烧鸡蛋给我吃时，也常常是只记得烧，却不记得取出来，结果鸡蛋总是烧得跟木炭一样。父亲那时在供销社工作，隔两三个月就会买回来一条毛巾给她用，可她就是舍不得用，总是拿父亲从单位带回来打扫卫生的棉布当毛巾用，等到有亲戚到家里来时，她又说大家都不给她毛巾，结果亲戚从她的木箱内翻出来十几条毛巾。太婆对我疼爱有加，她总是把所有的爱分给弟弟妹妹后，还会私下藏一份留给我。

特别搞笑的是，有一次我和邻居的小伙伴，装扮成乞丐一起骗太婆，还真把心善的太婆骗到了。那是在我八九岁的时候，在一个寒意袭击的晚上，我们找来几件破旧的衣服穿在身上，再用锅底灰在嘴角两边画上胡须，戴着一顶破草帽，找来一根木棍当作拐杖，手拿一只破碗，一个十足的乞丐便呈现在眼前。站在老屋的院子外面，我们远远地就能看见太婆坐在老屋靠西的屋梁下，背靠着屋树（乡亲称房屋最大立柱叫屋树），坐在一个火笼上。

我弯着腰驼着背，扮成一个乞讨的样子，把头压得足够低，就怕太婆认出我，一大群邻居跟在身后看热闹。我慢慢地向太婆走去，装着很可怜的样子跟太婆说："把一点吧！把一点吧！"，并伸出了那只破碗。那时全国闹荒灾水灾多，要饭的每天都有，我的出现并未引起太婆的猜疑，太婆立即挪动着她那副老身板，踩着她三寸金莲的小脚走到房间里，从她木柜的瓷器罐里拿了一碗糖糕来打发我，这次的乔装打扮未能引起太婆丝毫的怀疑，拿着太婆施舍的糖糕我灰溜溜地跑出了院子。接着我的邻居小玩伴，依照我的骗法来到太婆面前，太婆依然走进房间，取出糖糕递给我的邻居小玩伴，邻居小玩伴竟然故意刁难太婆，说不吃这些东西只要钱。我猜不出太婆当时是怎么想的，但是我记得很清楚，太婆还是回到房间里，取了几个钱币，然后施舍给了前来佯装要饭的小玩伴，嘴里不停地念道："这老天不长眼，怎么又有这么多吃不上饭的呀！"

太婆在世时，许多人总是远道千里来看她，还有的托自己的晚辈来谢恩，或有的带着满堂儿孙来，给晚辈讲太婆曾经对自己无微不至地照顾的往事，没饭吃供饭、没衣穿添衣。有的至爱亲朋不顾年老体弱，迈着并不麻利的双脚，硬是来到太婆的坟前磕头鞠躬。记得有一位年近八十的长辈，回到阔别已久的故乡，听说太婆走了，心里无比悲伤，虽然没有号啕大哭，但是从他抽搐的脸颊上看出了他的难过与不舍。后人谈起的这些往事，都说太婆做人厚道，一生乐善好施，功德圆满。

　　太婆她常说，只要她碗里有一口饭吃，她就不想看到身边的人饿肚子。她没有读多少书，却满腹经纶般地生活和教导着我们，我们都很怀念她！

失去的瓷枕

　　生活中见过各式各样的枕头，唯独瓷枕却很少见。我家曾有一个瓷枕，是太婆每天中午睡觉用的，有一定的历史，算是个古董。瓷枕呈长方体，大约长 40 公分，宽 25 公分，高 10 公分。胚胎整体呈乳白色，光彩夺人，犹如婴儿肌肤般润泽。瓷枕上下两面光滑透亮，四周交叉镶有蓝色线条和"寿"字图案，相互点缀，蓝白辉映。两侧镂有圆形四孔，对称而开，两指伸入中间两孔，十分方便提取。将其置于风口，风吹入口，竟能像笛子般发出轻轻美妙的声音，诱人入睡。

　　夏天到了，太婆每天中午 12 点左右都准时午休，有时午饭做晚了点，太婆就先午休，再起来吃午饭，准时午休是太婆雷打不动的生活习惯，这或许就是太婆百岁长寿的奥秘之一。午休的床是一张两米来长、六十公分宽的长板凳，枕头用的就是那方形瓷枕，整个用具都非常纳凉。那长板凳和瓷枕，看上去硬邦邦的，可太婆总是睡得很香，身子板就像这长板凳一样硬朗，一生健健康康没有生过什么大病。

　　有一天太婆不在家，我用太婆的板凳和瓷枕睡了一回午觉，硬硬的床凳和瓷枕，硌得我整个身子都疼，特别是那冰凉的瓷枕，一个中午就把我整个后脑勺硌得通红通红，又疼又痛。太婆知道后，一直说我太傻，一边责怪我午休时没有在这瓷枕上垫一层薄垫子或软布，一边不断地轻轻抚摸着我的头，又烧了两个鸡蛋用来安慰我。因为有了这次经历，我再也没有用过太婆的瓷枕，对瓷枕的记忆也就渐渐模糊了。

一枕思千秋，太婆爱枕如命。有一回，我和邻居几个调皮的小孩，偷偷把太婆的瓷枕藏在家中粮仓里，想以此试探下太婆到底有多心爱她这个宝贝。瓷枕不见的那半天，太婆在屋里翻箱倒柜地找，从中午找到晚上，从屋里找到屋外。那天中午太婆没有午休，晚上恐怕也没有睡好。看着太婆那伤心的样子，我赶紧偷偷地把太婆的瓷枕重新放回原处。从此以后，我暗暗发誓，一定要守护好太婆的瓷枕，不让它有半点闪失。

太婆在世时，这瓷枕始终没有离开太婆一天。她去世后，我把这瓷枕偷偷收藏起来放在箱柜里，生怕被人弄丢或摔坏。可是在我入伍后不久，这瓷枕竟被一个骗子以鉴赏为借口，连蒙带骗从母亲手中骗走。听到这个消息，我曾黯然神伤地四处打探它的下落，并要用重金把它赎回来，但流落何处杳无音信。每次想起，总觉得对不起太婆，对太婆的思念也总是铺天盖地般袭来，永远无法忘怀。

爷爷的二胡声

　　每年清明节，老家的油菜花都开得格外艳丽。金灿灿的油菜花，总勾起我对爷爷的思念。爷爷走的那年，我只有 5 岁，儿时能记住的事虽然不多，但关于爷爷的事却占据了我儿时记忆的许多空间，并深深地烙在了我的脑海深处。

　　爷爷是名普通的高中语文教师。那个时候农村相对贫穷，受重男轻女观念的影响，许多女孩不能够顺利去学校读书，"男孩上学，女孩放牛"的观念在老家的小山村还很普遍。为了让女孩也能够去上学，爷爷总是挨家挨户做工作，碰到有困难的交不起学费的，他就从微薄的工资中挤出钱来帮忙交学费，千方百计地让村里的小孩都尽可能上得起学。爷爷当年的一位学生，如今已是 70 多岁的老奶奶，每次见到我总是感激地说："当初不是你爷爷给我父亲说情，让我去上学，我恐怕连一个字都不会认得，更别说后来还能参加工作。"

　　爷爷不仅乐于帮助他人，还擅长琴棋书画。爷爷的毛笔字、国画和二胡被乡亲们称为"三绝"。爷爷写毛笔字时，身体离书桌一尺，手握毛笔的同时，手心还夹一个鸡蛋，悬空写出的字龙飞凤舞，别具一格，那时村里春节贴的春联大都出自爷爷之手。爷爷画的国画，每一笔都栩栩如生。尤其擅长画虎，他画的虎张牙舞爪，虎啸风生，饱含威震山河的气势，我至今还保存着爷爷画的一幅上山虎图，给人勇攀高峰的气势和信心。爷爷的二胡拉得特别好听，如嫩叶摇曳、百花争艳，充满生机和活力；像知了鸣叫、树叶飘落，充满宁静和清凉。夏天的夜晚，爷爷总喜欢拿着那把二胡，为村里纳凉的男女老少拉上几曲，消除乡亲们一天的疲劳。

一年四月，连绵不断的雨水让溪水不断上涨，整个田野都笼罩在烟雨之中。学生放学来回必须经过一座用四根石条做成的石桥，突然有人在石桥的深水潭边大喊"快来呀，有人落水了。"正在附近田里扯秧的爷爷听到呼叫，没有半点犹豫便向石桥边冲去，来到桥边看见几个学生站在桥上，不停地指着被冲入到深水潭中的学生。爷爷不顾个人安危，一头扎进落差足有二三十米的深水潭中，潭中乱石横生，水流又急，爷爷凭借自己的勇气和水性，艰难地从潭底把邻村一位姓程的同学救上了岸，爷爷全身磕碰得伤痕累累，并由此落下了病根。内伤不轻，再加上后来教书的积劳成疾，终究没有抵御住病痛的折磨，永远离开了我们，爷爷救人的事迹在十里八乡传为佳话。

"冥冥重泉哭不闻，萧萧暮雨人归去。"每次回到故乡，我都会静静地坐在深水潭边，那潭水碰撞出的水声，就像爷爷拉的二胡声在不断拨动着我的心弦，它是那么的亲切而又缠绵。

奶奶的熬糖岁月

　　奶奶走的那年正值"非典"肆虐之时，我们在外工作的许多晚辈都未能回家送奶奶最后一程，然而奶奶那亲切慈祥的容颜却永远印刻在我们的脑海中。

　　奶奶的一生以熬糖为生，熬制麦芽糖的技艺，十里八乡美名远扬，吃过奶奶熬出的糖的人，都啧啧称赞。我们这一辈从小就吃着奶奶熬的糖长大，日子过得比蜜还要甜。

　　"巧媳妇难为无米之炊"，糖要熬得好，自然要用上等的麦子和大米，麦子用来发芽作糖催化的引子，大米磨成浆作原料。每年秋收后，奶奶将收来的麦子和水稻分成两类，饱满丰润的用来熬糖卖给乡亲赚点钱贴补家用，虚扁空洞的却留给自己吃，我们家人都不太理解。

　　"慢工细火出精品"，奶奶熬糖的每道工序都认真细致，精益求精，就像奶奶做人一样一丝不苟，认真负责。首道工序磨浆，看似机械性的动作却蕴藏着很多技巧，磨盘过快过慢都不及，过快磨出的米浆不够细腻，过慢米浆就会太稀，快慢不均米浆自然粗细不匀，奶奶推磨的速度就像时钟一样匀速，令人佩服。接着就是熬浆，米浆置入大锅中，温火慢熬，半锅米浆大火只要十分钟就烧到沸腾，奶奶却要熬上大半天，时间的长短决定着糖的香甜，这足够考验人的耐性。米浆熬到一定程度，便要将研细的麦芽倒入锅里米浆中，其火候时间的把握直接影响到麦芽糖的光泽和出糖率，这技巧"只可意会，不可言传"，奶奶的七个儿女都心领神会，都渐渐成了熬糖高手，传承了奶奶的技艺和为人。

熬糖的最后一道工序就是搭糖，随着麦芽与米浆的发酵和温火的煮熬，一锅稀糖渐渐显露，此时奶奶总是用筷子的一端，在糖锅中一个娴熟旋回，一个个棒棒糖便制作完成，围在灶边和左邻右舍的小孩人手一个，看着都口水直流。当稀糖熬稠到可以离锅时，奶奶顺势将糖搭在早已备好的糖钩上，伯父与叔叔轮流跟奶奶打下手，来回收放着拉扯挂钩上的稠糖，只见那糖就像一根金黄的飘带，在空中上下飞舞，几百个来回，累得奶奶总是满头大汗，气喘吁吁，慢慢地那糖变得晶莹剔透，劲道实足，只有最后经过奶奶的品尝满意后，一锅麦芽糖才算熬制成功。

小时候，我最愿意去的地方就是奶奶家，虽然离奶奶家有三四里路，但隔三岔五的我总要找个机会去看她。奶奶家种了很多好吃的瓜果，有枣有梨、有桃有瓜，到了秋天，红红的枣和桃、青青的梨和瓜，满园的果子十分馋人。每到瓜果飘香的季节，奶奶总会把丰收的果实连同喜悦的心情，和左邻右舍远朋近友一起分享，邻里乡亲都夸她人好。奶奶对谁家的孩子都像对待自己的孩子一样，这更加得到了左邻右舍的敬重。到了夏天，每当夜幕降临的时候，奶奶就在果树下摆上一张竹凉床，孙子孙女就躺在竹凉床上数着天上的星星，听她讲故事，在奶奶那把大蒲扇的微风下渐入梦想。每次我们晚辈过生日，奶奶总是把我们叫到家中，煮一大碗热腾腾的面条，在面条上再盖两个煎得黄黄的、夹着葱花的鸡蛋，这生日面我们晚辈从来都没有落过。

那时爷爷身体不好，家里的活都落在奶奶的肩膀上，奶奶为了拉扯大七个子女，她白天在地里干农活，犁田耕地样样都能干，有时干农活时还要把小孩背在背上。晚上半夜还要算计好时间，准时起来熬米糖，这样第二天一大早才可以挑上门去卖，换些柴米油盐来，奶奶吃尽了苦。在我们晚辈的眼里，好像天底下没有奶奶不会干的活，也没有她干不成的事。奶奶一生超负荷没日没夜地干活，60 岁的时候，奶奶的背已经驼得像一座拱桥了。奶奶说她的腰是老弯的，爸爸、叔伯和姑姑却告诉我说："奶奶的腰是累弯的。"

我懂事后再也没要奶奶背过我，也不让她背别人。

细爷的风范

细爷是爷爷最小的弟弟，他十几岁就离开家乡去外地干革命，从江西辗转多地进京，一路走来，风风雨雨，凭着自己的努力，成了一位不小的京官，十里八乡都知道。

第一次与细爷往来，是在我刚上初中的时候，那时我听家里人说细爷在北京某个单位上班，官很大。于是有一次，我背着父母，按父母聊天中说的单位名称，私下给细爷写了一封信。在家族中，我这个辈分的有几十个，再加上细爷工作忙，有时几年也不回老家一次，我估计细爷他根本记不起我是谁。现在想想那封信中具体写的什么内容，我已记得不是很清楚，但是我依稀记得，我在信中谈到了我未来的理想是参军入伍，介绍了我是谁家的小孩。意想不到的是，细爷竟然在百忙之中给我回信，信中称赞我的字写得很好看，并鼓励我要不断努力学习，将来一定能成为一名合格的人民解放军。之后细爷每次回老家时都会常常提起我，大概我是孙子辈第一个给他写信的人，为此细爷每次从北京回乡，都会到我家里来坐一会儿，夸我有志向，说我将来一定有出息，我总可以跟细爷靠得很近很近，同辈分的兄弟姐妹都很羡慕我，我也把细爷对我的那份爱珍藏在心里，并暗下决心为自己的理想去努力。

1992年底，我响应国家号召报名参军，通过层层筛选成了一名光荣的人民海军战士。在人生地不熟的异地他乡，经过三个月的新兵连训练，在即将分下连队前，我决定给细爷写一封信，想请细爷找找人分到一个好的连队。当时臆想着凭细爷的人脉，他一定可以帮上我这个忙。然而，在拆开细爷给我的回信时，我的心一下子"凉"了，他婉言拒绝了我的要求。我开始埋怨细爷没出面帮我，心里觉得他没有人情味，甚至对他在信中给我讲的道理很是抵触。他在信中用自己的亲身经历跟我说，他十几岁独自一个人出去闯，没有人教他怎么做，也没有人帮他引路子，完全是靠自己的吃苦实干才得到了组织的肯定。在信中他不断鼓励我，要学会独立奋斗，要有一种"有志者事竟成"的毅力，只有这样才能实现人生的奋斗目标。在后来很长一段时间内，细爷常常抽空给我写信，在信中对我嘘寒问暖，了解我训练生活的情况，并鼓励我报考军校。1996年我通过自己的努力，如愿地考上了军官学校，并成了一名海军舰艇指挥官，开启了在祖国万里海疆驰骋的岁月。有些人知道我考取军校的消息，都猜测肯定是细爷托人帮忙才考上大学。其实这份辛苦和努力取得的成绩，只有我自己知道。人生道路充满坎坷，每个人的命运都是掌握在自己的手中，靠谁都不如靠自己。虽然细爷没有找人帮我，但是他那份"润物细无声"的殷切希望和鼓励，远远比找人帮忙还有效，"授人以鱼，不如授人以渔"。

1996年8月，我借去军校报到的机会，顺路到北京去看细爷，他知道我是第一次来北京，就带我去参观北京天安门和故宫，到了故宫门口，那时军人参观故宫是不免票，细爷带着我到售票窗口排队买票。参观完故宫，细爷又带我到大前门吃北京烤鸭，买了很多北京特产果脯让我带给老家的父老乡亲。每次老家有人来北京办事或游玩，只要细爷知道，他也总是尽力去招待，以尽地主之谊。细爷在位时，他虽然没有利用自己的职权为家乡亲人谋得好处，但他大公无私的风范却永远让家乡人们敬佩与尊敬。

　　2015年6月，细爷在北京去世，骨灰运回老家时，十里长炮齐鸣，数百至亲相迎。家乡亲人们用最隆重的方式，在沿途三四公里的道路两旁，摆上爆竹和烟花迎接一位游子的归来。细爷一生为人正直，他爱他的家乡和乡亲，他爱他的工作和事业，我们都很敬重他缅怀他。

▼

第三辑

军歌嘹亮军号响

水兵与大海

从穿上水兵服的那一天起，我的一生便注定了与海有缘。

记得第一次出海，当军舰慢慢驶离美丽的港湾，海岸线悄无声息地消失在身后时，眼前的海水变得异常的深蓝，海水清澈得足够看到海底深处成群结队的鱼儿。站在舰首，舰艇劈波斩浪的拍浪声，像是要把大海劈成两半，威武极了。班长看出了我的好奇，走过来问我："大海美吧！"我使劲地点了点头。正当这时，一个巨浪打来，把我和班长打了个透湿。此时海面白浪翻滚，凭借书本学到的一点海洋知识，我知道此时海况至少达到七级以上。我的头开始晕了，接着呕吐不止，连胆汁都吐了出来。就这样我以呕吐的方式，第一次"拜读"了大海，从此开始了我的水兵生活。

一次，舰艇在海上集训，餐后打扫卫生时，我随意将一袋垃圾扔入海中。班长看见，跑过来不留半点情面严肃地说："你怎么可以随便把垃圾扔入海中呢？赶紧想办法把它捞起来。"我觉得班长是小题大做，不就是一小袋生活垃圾吗？更何况其中很多剩饭剩菜还是鱼儿的大餐呢？班长找来竹竿，在战友的配合下，把垃圾捞了上来。此时的我面红耳赤，羞愧万分。班长把我叫到舰炮边上对我说："在海洋环境日益遭到破坏的时候，作为水兵的我们，要做海洋的保护者，也正是由于海洋的富饶与存在，才让渔民百姓生活得更好，才让水兵有了巡逻万里海疆的舞台。"从此之后，我再也没有往海里扔过一点垃圾，我把大海看得比我的脸还重要，周末带家人到海边游玩，也会主动捡起海边沙滩上的垃圾。

一次海上训练，军校教官为了提高学员在自然条件下驾驶舰艇航行的能力，特意关掉所有的导航设备。那天正是阴雨天，面对浩瀚无边的茫茫大海，我们根本无法用太阳来辨别东南西北方位。正当大家一筹莫展之时，舰艇前方飞来了三五只海鸥，它们在海面上盘旋飞翔。训练有素的同学根据海鸥喜好靠岸飞行的特性，迅速判别出了舰艇的大致方位，为我们航海训练交上了一份合格的试卷。海鸥在水兵的眼中，不仅仅是一只有灵性的海鸟，还是舰艇安全航行的随行者。在生活中，水兵为了给海鸥一片蔚蓝的大海，总是身体力行地担当起大海的义务"清洁工"，许多水兵还买来小鱼给海鸥补食。久而久之，水兵成了海鸥最亲密的朋友，海鸥成了水兵的护航使者，湛蓝的大海从此又多了一道美丽的风景线。

"大海是水兵的家，水兵是大海的骄子。"这些感悟，不是每个人都能拥有的，只有守望过大海的人才会懂得用尽全力让大海变得更蓝更美。这或许就是水兵与大海的情结吧！

雨中阅兵

在我的军旅生涯中，参加阅兵数十次，最难忘的是 1996 年国庆那天的雨中阅兵。

那是我进入海军某院校学习后第一次参加阅兵，大家十分兴奋。一大早，参加阅兵的同学都穿上崭新的礼服和擦得锃亮的皮鞋，早早来到阅兵场。阅兵场上彩旗飘飘，护栏上挂满了各种宣传横幅，最庄严的是检阅台，台上花团锦簇，八一军徽在红旗的衬托下熠熠生辉。

上午 9 时整，指挥员用洪亮的声音宣布："阅兵正式开始。"这时，天空突然乌云密布，一会儿下起滂沱大雨，雨水打得大家连眼睛都难以睁开。大家心里暗自思忖，这次阅兵估计无法进行了。突然指挥员宣布："阅兵照常进行。"顿时，军乐响起，受阅官兵用铿锵有力的"首长好""为人民服务"回答阅兵首长"同志们好""同志们辛苦了"的亲切问候，受阅的每个方阵精准地踩着乐点接受首长的检阅，口号震天响彻阅兵场。

雨越下越大，丝毫没有要停的迹象。检阅台上的每位首长，都纹丝不动地站在台上检阅着每个方阵，他们就像雕塑一样站在雨中纹丝不动。当广播传来"现在迎面走来的方队是学员九队，这是一支进入院校学习才一个月的学员队，他们发扬一不怕苦二不怕累的作风……"我们全队上下鼓足了劲，以响亮的口号、整齐的步伐、饱满的精神接受首长的检阅。

阅兵是检验部队一切行动听指挥，言必行，令必止的重要仪式。阅兵训练除了练就整齐划一的动作外，还要有一种气壮山河的豪迈气概。为提高训练水平，我们把大檐帽反扣在头顶上练就平稳，在八七式半自动步枪的枪管上挂上砖片练就负重，我们两人面对面互相压着线踢脚尖练就动作统一；我们在手臂与身体之间，大腿与大腿之间夹上纸张练就毅力与耐力，我们在背上绑上一个十字架练就军姿；我们顶着强烈的阳光练就不眨眼，我们冬练三九，夏练三伏，鞋子磨坏了一双又一双，操场上我们正步落地砸出了一个又一个坑，每次训练都汗流浃背，迷彩服上浸透着汗水，大家从来没有半点怨言，始终用刚毅展示着军人的风采。

阅兵结束后，学院首长讲评时说："在今天的阅兵中，参加的每位同志都是胜利者，大家没有因为下雨而受到影响，也不允许因为下雨受到影响。作为一名军人，未来面对的战场环境比今天还恶劣，比今天还预想不到，如果连今天这点困难都退缩，都要主动放弃，你就不配当一名军人，更不配当一名合格的舰艇指挥员。"首长话音刚落，全场响起了热烈的掌声。

"流血流汗不流泪，掉皮掉肉不掉队。"雨水淋湿了我们的军装，却永远模糊不了我们的双眼。每当想起难忘的那次雨中阅兵，那一次雨中阔步前进的情景又历历在目，阅兵让我们对军人这个名词有了更深的理解。

发黄的香烟

入伍多年，在我的柜子里一直珍藏着一包"红塔山"香烟。每次看到这包发黄的香烟时，又把我的思绪拉回到二十多年前入伍的那一刻。

1992年冬天，我光荣地成为一名准海军战士，在即将登上汽车的那一刻，我无意中看到父亲匆匆忙忙跑到接兵官面前，忸怩不安地将一包香烟塞到接兵官口袋里，嘴里还在嘟嘟囔囔地说着什么。我想一定是临走时，父亲客气地拿包烟给接兵官抽，顺便说几句好话罢了。这也完全合乎我们老家江西人好客的风俗。

入伍来到具有"北方香港"美称的海滨城市——大连，还没来得及欣赏美景，我们就投入到紧张的新兵入伍训练中，接兵官就是我新兵连的连长。

北方的冬天，风像一把锋利的刀不停地在脸上割着。在寒风中，老班长手把手教我们站军姿、走队列、练射击，我们一丝不苟地跟着老班长学，不放过每一个动作，有时碰到白天没学会的动作，自己在熄灯后偷偷地加班训练。训练间隙，我还主动给新兵连广播站、训练快报投投稿，当听到自己写的广播稿在操场上回荡时，当看到自己写的通讯稿变成油印快报时，训练场上冻得发抖的身子立刻沸腾了，全身热血直往上冲，心中感到无比的自豪。每次取得进步时，连长也总是跟其他战友一样进行表扬，没有对我有半点的倾斜和照顾，反而有时做得不对时，仿佛对我教训更加严格。在班长和连长的一次次批评和表扬声中，我慢慢变得有点"兵味"了。新兵连结束，我也因训练成绩突出受到奖励，并破例将我由陆勤兵转为舰艇兵送到训练团学习。

记得在分下连队的前一天晚上，连长把我叫到办公室，语重心长地对我说："小个（因为我个子小，都疼爱地这样叫我），通过三个月训练，你已经完成了由民到兵的转变，但你离一名合格的舰艇兵还有一定的差距，还需要不断努力。"连长边说边将手伸进自己的口袋，摸出一包"红塔山"香烟递给我，打开一看里面还夹着数张崭新的钞票。连长深情地对我说："这是入伍时你爸临走时送给我的，当初还给你，怕你在心底留下疑虑。当面不接收你爸的馈赠，又怕你爸多心……"这一番话让我更加感到连长的正直和高大，也深切体会到了父亲对我的那份爱。

人生如烟，我将这包香烟一直珍藏在我心里，因为它深藏着我与连长那段难忘的战友情，也珍藏着父亲对我那份无言的爱。

山高我为峰

2007 年因工作需要，我在水兵俱乐部待过一段时间，俱乐部里的战士个个多才多艺，唯有我吹拉唱弹、琴棋书画都不太会。

一天接到通知，说知名书法家高福长老师下午将来我们部队采风创作，组织上安排由我全程负责创作接待，战士小闫临时担任研墨的书童。下午起床后，我们在门口列队迎接，一位穿着白色短袖衬衣、背带裤的老先生，在部队首长的引领下缓缓来到俱乐部的书画创作室。高福长老师自幼喜爱书法，8 岁开始临帖，先习颜真卿、柳公权作品，后练习东晋大书法家王羲之和王献之父子书法。1959 年喜得当代书法艺术大师舒同之墨宝，从此走上了研学舒同书法艺术之路，几十年笔耕墨耘，书法作品享誉国内外。他看上去六七十岁，精神抖擞。

推门而入书法创作室，两扇大门发出"呢呢哑哑"的声响。书画室不是很大，但装饰得古香古色，里面大部分门窗、柜子和书桌等物品，都是从地方旧楼房拆迁中低价买来的，置身其中，你仿佛走进了书香门第家的书房。门和窗都是镂空的花板，书桌也是捡来的一块老门板改建而成，暗红的色彩让创作室更显古老与沧桑。屋内挂满了许多书画家的作品，杜鹃梅花随处绽放，甲骨楷草行遍全屋，散发着阵阵油墨的芳香。

高老师欣赏完整个创作室作品后，站在桌前，左手不停地磨着墨棒，右手紧握毛笔，不停地用毛笔在研台中蘸墨，那模样有点像气功大师表演前的运气，又有点像指战员在沙盘上谋划战事一样沉稳。还没有等我从思绪中转过来，说时迟那时快，只见高老师右手一提，那蘸满墨水的毛笔，似蛟龙下海般在宣纸上笔扫千军，一挥而就，"镇海雄风"四个大字劲挺地落笔在纸上，像驰骋在大海上的水兵一样奔放豪迈，在场的官兵赞不绝口。

虽然天气炎热，但创作室内的气温并不高，高老师每写完一幅字，他都像打磨艺术品一样认真琢磨，反复观赏。我记得中间有一两次他把完成的作品直接撕掉，好好的作品撕掉干吗？在场的我们百思不解，便好奇地向高老师请教，他说自己创作的作品，如果连自己都不满意，留下来就是对艺术的不尊重。难怪高老师每写完一幅作品都满头大汗，看来创作也是一个苦力活。一个人不管你从事什么职业，如果不用尽全力去努力，再累的活也不会累；如果你精益求精，再轻的活你也会很累很累，责任比什么都重要。

看着高老师为部队创作几幅作品后已经很累，在场的官兵都不好意思再开口向他求一幅墨宝。临近结束，高老师彬彬有礼地叫书童小闫裁两个半幅宣纸，再次提笔在其中一幅纸上写下了"有志者事竟成"的名句。他转过头来问我："小伙子叫什么名字？"我非常礼貌地跟高老师说我叫"陈俊峰"。接着高老师半开玩笑地说："那这幅字就不送给你了，我等会写幅更好的送给你。"于是高老师把这幅字送给了陪同的书童小闫，并在另半幅纸上挥笔写下了"山高我为峰"墨宝，加盖了高老师和舒同老师的双印章，赠送给我留作纪念，我如获珍宝。在场有位领导半开玩笑地说，这幅字有些太狂傲了吧。高老师微笑地说："谁叫他名字取得好？一点也不狂傲，很般配。"在场的官兵都羡慕得哈哈大笑起来。陪同过许多书画名家来创作室创作，我从未向任何嘉宾主动索要过书画作品，一是不礼貌；二是纪律也不允许；三是对书画作品也不懂。这一次我却因为高老师平易近人的性格，让我意外收获珍藏了一幅名家书法，价值不菲，意义更深远。

看着"山高我为峰"往事如在昨天，人生不觉有狂傲，但攀登顶峰看风景的心境，你我皆要有。

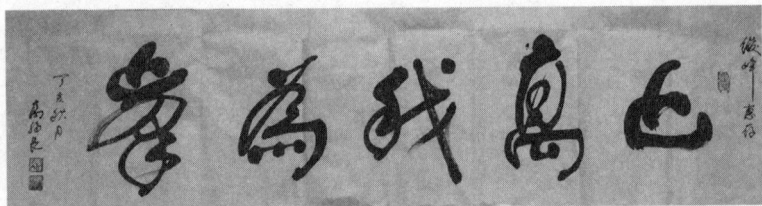

山高我为峰

军歌嘹亮军号响

　　说起拉歌，当过兵的人都印象深刻。那排山倒海的拉歌场面，犹如战场上吹响冲锋号一样，热血沸腾，惊天动地。

　　我第一次见到拉歌，是在新兵连第一次看电影集合前，那时我们才刚刚学会了唱《三大纪律八项注意》《咱当兵的人》《团结就是力量》和《没有共产党就没有新中国》简单的几首歌，说是唱歌其实我们是在喊歌，唱得准不准不重要，但声音一定要大，班长是这样说，我们也是这样喊的。拉歌前，我们教导队指导员先指挥我们队唱了一首《三大纪律八项注意》，我们使出全身力气想一举压倒其他中队，可是还没等歌声结束，只见坐在隔壁的一中队指导员挺起身来，将双手拢成喇叭状放在嘴边喊："教导队的歌唱得好不好？"一中队战士整齐回答"好"。接着又喊着："再来一个要不要。""要要要！"这时我们指导员也不示弱，站起来朝着一中队大喊："革命歌曲大家唱，我们唱了该谁唱？"我们异口同声回答说"一中队！""一中队，来一个。""一中队不来行不行？""不行。""算了吧！""不行。"指导员带领我们全队轮番向一中队发起挑战，一中队依然纹丝不动，硬是不开口。

二中队此时看不下去了，也向一中队发起了挑战"一二三四五，我们等得好辛苦。""一二三四五六七，我们等得好着急。"整个礼堂已沸腾起来，拉锯战一浪高过一浪。一中队的指挥员再也坐不住了，他不得不给自己中队起了一首高昂有力的《咱当兵的人》，以应对我们两个中队的拉歌。刚唱起没几句，我们教导队和二中队的指挥员已经走到一起，他俩商量后，故意起了同样一首《咱当兵的人》，两个中队的歌声已经把一中队的歌声掩盖得悄无声息，三个中队歌声完全合在一起，响彻整个礼堂。几轮下来不分高低，整个礼堂拉歌声此起彼伏，直到电影屏幕上打出片名，拉歌的战斗才落幕结束。

　　记忆最深的一次拉歌是去基地参加集会，我们跟女兵连的拉歌，俗话说得好"好男不跟女斗"，可是在部队，女兵的那股"谁说女子不如男"的斗志，就从来没有服过谁。那次女兵连来了100多号女兵，清一色的娘子军老兵。而我们是刚入伍不久的"新兵蛋子"，新兵有新兵的优点，那就是做什么事都天不怕地不怕。我们从心底里没把女兵连放在心上，总觉得女兵声音小，拉歌声音也根本大不了多少，便主动向女兵连发起了拉歌挑战。谁挑战谁先唱，这是拉歌的礼节，我们先来了一首《说句心里话》，接着便邀请女兵连唱一首，女兵连的指挥员指挥大家唱了一首《一二三四歌》，你来我往反复三四轮之后，我们明显感觉到学的歌太少，会唱的就更少。女兵连看出了我们的破绽，借势向我们发出拉歌总攻。"叫你唱你就唱，扭扭捏捏不像样，像什么，大姑娘。"我们指挥员听着"大姑娘"。心里很不爽，但明显实力不相当，最终还是输在了女兵连面前。这时女兵连又喊道："教导队兄弟别丧气，拉歌输赢别在意；营区的花儿香，听我们唱一唱。"接着女兵连又连续唱了《军港之夜》《打靶归来》和《我是一个兵》好几首军歌，我们终于败下阵来，原来女兵她们有唱不完的歌。那次拉歌不仅没看到我们男兵对女兵的怜香惜玉，反而我们输得体无完肤。这就好比在战场上，如果自己没有过硬的本领，永远不要瞧不起任何对手。

岁月如歌，当再次听到那嘹亮的歌声和那熟悉的军号声，我依然热血沸腾，仿佛又行走在队伍中，又回到了那个摸爬滚打的训练场。

奖我去献血

在我的军旅生涯中，有过一段非同寻常的献血经历，至今依然历历在目。

1993 年的一个夏天，连队的黑板上贴出了一张动员献血的通知，通知的内容大概是连队要组织二十人去献血，希望大家踊跃报名。消息一经传开，全连官兵争先恐后地报名，我也不例外。不到半天时间，人数已远远超出所需人员。

由于部队日常战备工作的需要，不能安排全连都去献血，这可难为了连长："究竟派谁去献血呢？"这时有人建议由党员同志先上，有人建议由连队骨干去，还有的建议来个抽签决定……正当连长为选派谁去献血一筹莫展之际，指导员跑过来说："我看来个比试比试，以此选出献血的人员。"参加献血还要比试，这我可是头回听说。连长指导员商定之后，决定在全连搞一次军事训练大比武，谁优秀谁就上。于是一次轰轰烈烈的训练大比武活动在连队打响了。

为了能够参加献血，比赛中原先不擅长跑步的硬是咬着牙关冲过了终点，单双杠上大家像一只只灵活应变的猴子，标准规范地完成每个动作；游泳池中，大家更像是大海中一条条快速飞跃的旗鱼，来回穿梭于泳道之中。经过两天紧张的比试，连队的一项项训练纪录被打破，个人的训练成绩也一次次被刷新，最终，连队选出了二十名军事素质过硬的训练尖子参加了献血，我是其中之一。这项活动的开展，既保证了选派人员的公平性，又为血库提供了超级健康的供血源，真是两全其美。也正是由于这次大比武活动，让全连官兵训练热情更加高涨，训练水平更上一个台阶。

"铁打的营盘流水的兵"，想起当年奖励献血的情景仿如发生在昨天。它是那么的亲切、那么的温暖，那么的让人难以忘怀。感谢那次奖励我去献血的活动，它带给了我勇敢、快乐与健康，更为我的军旅生涯增添了一个美丽的音符。

实话告诉你，其实我当初还会晕血，说来谁也不信。

元旦去看海

1993年元旦，是我入伍后在部队度过的第一个元旦。元旦的前一天，连长告诉我们，明天早晨出操带大家去看海。听到这个消息，大家兴奋得一个晚上没睡好，想着明天就能踩着柔软洁白的沙滩，吹着轻柔微微的海风，闻着那淡淡的海腥味，心中充满了期待。

元旦那天，天还没亮战友们就起床把卫生打扫得干干净净，大家穿好军装，整装待发等着连长那声集合的哨声。平时大家想多睡一会儿，总是希望连长那起床的哨声能晚点吹，而今天大家却期待着能早点听到哨声。新兵连驻扎在大连旅顺一个偏僻的山沟里，来部队半个多月，不仅没见到蓝色的大海，就连军营大门都没迈出半步，日子过得真正"白天兵看兵，晚上数星星"。想到马上能跑出营门，见到从小就向往的大海，对一个即将成为海军水兵的战士来说，那种兴奋和高兴，无以言表。

"嘟嘟嘟……"终于盼来了连长那熟悉的哨声，哨声之后，连长命令所有人员，上身只穿一件海魂衫。我想："这室外明明零下十几度，连长这葫芦里卖的是什么药呢？"我不思其解，想着马上就能见到大海，大家按着连长要求快速在操场集结好，连长动员说："今天带大家去看海，我们这里离大海有近十公里的路，既然想当一名合格的水兵，除了有保卫海疆的梦想外，还要有强健的身体，今天这十公里就当作一次训练吧！"

"军人以服从命令为天职"，连长的动员让大家找到了为什么穿海魂衫的答案。随着连长一声令下，大家像训练有素的骏马一样向大海奔去。十公里的路程，对刚跨出校门的学生兵来说的确十分艰难，许多战友硬是咬紧牙关跑向终点，有些体质弱的战友还晕倒在地，但最终连队却没有一个人掉队，大家用毅力与坚持，克服了天气寒冷、体力不支的困难。当最后一名战友冲过终点时，连长用那洪亮的声音讲评说："你们不愧来自革命老区江西，你们发扬了老区人一不怕苦二不怕累的精神，你们是好样的！"连长在海边讲了许多有关大海的故事，为了肯定大家的成绩，连长向全体战士行了一个标准的军礼。

天寒地冻风又大，海边除了我们，只有少许的几位渔民在淘海带。面对这宽广深邃蓝色的大海，大家兴奋得又是跑又

元旦去看海

是跳，有的跑到退潮的礁石上挖海鲜，有的帮渔民拉海带，开心极了。随同前来的班长，在我和许多战友尝试海水的咸味时，为我留下了这难忘的尝海水味道的瞬间。

新兵连结束后，我们再也没有去过那海边，但那次元旦去看海的往事却总是念念不忘，因为那是我开始守海的地方。

新兵连的春节

1993年春节，是我在部队度过的第一个春节。当时部队驻扎在东北大连一个偏僻的山沟沟里，地理环境十分恶劣。整个营区除了大门上"发扬革命传统，争取更大光荣"的对联昭示着当天是春节外，就只有宿舍走廊的那株挂满了彩灯与彩条的松树，让紧张的军营生活有了一丝节日的气氛。

当时我正在新兵连入伍训练，三个月要把我们这群学生娃变成普通一兵，每天除了走队列、站军姿就是叠方块被子，直到除夕那天，我们才能休息一天。早晨班长说，春节到了，大家可以就地取材对宿舍进行简单的布置。可是在那个偏僻的地方，大家即使有钱也买不到装饰物，更何况当时大家根本没有多少钱，战友们一脸茫然不知所措，一上午也没想出什么好招数来。正在这时，战友小王气喘吁吁地从门外抱来一棵松树，北方天冷，松树上的冰雪还没有融化，他又拿来抹布把松枝擦得干干净净，之后不知道从哪里找来一串旧彩灯，再细致地把彩灯绕在松树上。彩灯一亮，松树五彩缤纷，金光闪闪，严肃的军营顿时活跃了起来，大家纷纷为小王这一创意叫好。不知是哪位战友，又找来一些红纸，剪出一些大大小小的五角星等各种图形，把它点缀在松树上，一棵亮闪闪的松树便摆在了宿舍走廊上。

正在大家高兴之时，连长快步走来，他没对这松树做任何评价，反而问起这树是哪来的。小王如实跟连长报告，树是从后山拔来的。随即连长一脸严肃地命令值班员吹哨集合，搞得我们这群新兵摸不着头脑，刚有的一点喜庆气氛立即被这哨声吹得烟消云散。全连快速集合到位，连长直奔主题批评小王，说不该随便拔老百姓的松树，并非常严厉地告诫大家："我们是人民的军队，人民的一针一线我们都不能动！"同时连长也对小王乐于为集体做事进行了表扬。开始大家都觉得连长大惊小怪，不就是一棵松树吗？经过连长的一番耐心教导，大家切实感到了这种做法的不妥。为了教导大家，连长让排长搬来一块写有"三大纪律八项注意"歌词的黑板，教我们唱军歌，大家撕扯着嗓门跟着排长唱，此时唱得准不准、好不好已经不重要，四面八方的口音汇聚在一起，本身就是一首团结动听的歌。也正因为这棵松树来之不易，我们纷纷以此为背景合影留念。

"一家不圆万家圆"，在万家灯火团聚的时候，军人照旧巡逻在祖国的万里海疆，为祖国站岗放哨。"有国才有家"，难忘在部队度过的每一个节日，难忘与战友一起并肩作战的无数个日日夜夜。

驾驶室里读书乐

入伍不久，我顺利完成了半年的雷达专业学习，成了一名舰艇雷达兵，俗称"千里眼"。由于工作的战位在驾驶室，因此有了一段在驾驶室读书的美好时光。

俗话说："不想当将军的士兵，不是好士兵。"能当将军的毕竟不多，但是想当军官的机会还是可以努力争取。最初想考军校的梦想，大概是新兵连一次集会，连长在介绍海军水兵帽为什么有两根像辫子一样的飘带时，既说明了水兵飘带可以用来测风向的用途，又借此鼓励我们要努力学习，只有争取成为一名军官，帽子上才没有这两根飘带。

下到连队后，除了完成日常战备训练外，我把大部分休息时间都用来复习准备考军校。当时魏艇长得知我有考军校的想法时，总是尽可能地腾出时间让我学习，并督促其他战友把驾驶室的空间让给我。舰艇本身活动空间就十分狭窄有限，战友总是尽力为我创造一个相对独立安静的学习空间。他们在工作生活上对我无微不至的关心，让我无比感恩，那时心里总觉得不好好学习真对不起大家。

夏天的舰艇上，骄阳似火，甲板上温度经常高达 40℃ 以上，舱内温度还会更高。那时没有空调，艇上风扇也只有几台，常常是人在哪里工作，电扇就搬到哪里。同年程战友，他总是错开工作需要，把机舱内的电风扇借给我用，还经常在甲板上泼水降温，至今想起都感激不尽。有一次我们出海到了一座海岛，岛上没水没电，为了让我多点时间复习，机电郑班长亲自安排机电兵，破例用艇上电瓶供电让我在驾驶室看书，他们的支持坚定了我考军校的信心与力量。

冬天到了，北方寒风刺骨，舰艇的每个部位都冷冰冰的，那铁碰到皮肤都像胶水一样会粘住皮肤，冷得无容身之处。为了取暖需要，舰艇在每个生活舱内都备有电暖器，没有特殊情况，大家都待在生活舱内工作学习。驾驶室是整个舰艇最招风的地方，别说坐在里面看书，就是待上一会儿也冻得直打哆嗦，刚开始我都是穿着棉大衣在驾驶室看书，脚冻麻了我就轻轻地跳动几下，手冻僵了我就倒一杯热水暖暖手。后来艇上战友知道后，又主动腾出一个取暖器供我在驾驶室取暖，让我免遭受冻。有几次因为天气太冷，看书又看得太晚，准备回生活舱睡觉时，竟神奇地发现驾驶室的门被冰冻得打不开，我只能在驾驶室待上一个晚上。郭战友跟我是邻乡，比我大一两岁，每次我出海到他所在部队时，他都送给我很多吃的用的，对我嘘寒问暖，像大哥一样关心我。余战友跟我同时入伍，他是城镇兵，我是农村兵，我俩的父亲又是同学，我们关系倍加亲密。当时学习压力大，又非常辛苦，经常熬夜到晚上一两点，体质和抵抗力都明显下降，人变得面黄肌瘦，他看在心里，经常送一些鸡蛋和麦片给我。有时看书看得太晚，饿了的时候我就在水壶里煮个鸡蛋，泡包麦片来填充肚子，特别是在冬天的深夜，这些食品为我驱赶走了无数个寒夜，又让我满盘复活地投入到学习中。那时虽然生活条件很苦，天气又冷，但内心却十分的温暖。

炎热与寒冷的考验，没有打消我努力学习的劲头，在驾驶室里，我利用休息挤出来的时间，对高中课本进行了一次次埋头攻读。每个月领的几十元津贴费，除了买些必需的生活用品外，大部分用来购买复习资料和试题试卷，仅仅数理化三门课做的模拟试卷足有一尺多高。我的英语成绩不太好，那时又没有地方补习，为此我狠下劲来，硬是凭着自己坚强的意志和好的记忆力，把英语课本和政治教材背得滚瓜烂熟。功夫不负有心人，在最后的考试中，这两门课为我考取军校立下了汗马功劳。

回想起在那两平方米驾驶室学习的近千个日日夜夜，内心一直没有忘记战友对我的无限关怀。虽身在天涯海角，但那熟悉的旋律"战友战友亲如兄弟，革命把我们召唤在一起。你来自边疆他来自内地，我们都是人民的子弟……"却一直在耳畔响起。

手旗舞庆回归

每当翻起这张发黄的照片,又让我想起 1997 年 7 月 1 日香港回归的那些日子来。那年我有幸参加祖国庆香港回归分会场广州天河体育场的表演,成了手旗舞《归航》的一名舞蹈表演者。今天想起那激动人心的时刻,内心依然激情澎湃。

1996 年 9 月,我正在海军某院校进行一个月入校强化训练,突然院校领导召开动员大会郑重宣布,由我们这群刚入校的学员担任庆香港回归手旗舞表演者。动员大会上学院领导严肃地说,这次表演活动,大家要把它作为一项政治任务来对待,表演不仅仅是面对亿万观众,更重要的是要充分展现我军威武之师、文明之师的良好形象。说实话,当初大家开玩笑说,让我们去抗洪抢险我们肯定是最棒的,可是让我们去表演舞蹈,那可不是我们的特长,但是"军人以服从命令为天职",再有畏难情绪也要坚决完成。

说起这手旗舞《归航》,不仅仅要求我们在步伐移动中组成各种图案,而且要手持两面海军信号旗,利用国际通用信号语言,把对香港的美好祝福传遍给世界各地。通常脱产学习这国际通用信号也得要一年左右，但我们是要利用休息和节假日时间进行训练，这困难可想而知。可是大家内心都深深明白，这是一项光荣而又神圣的使命，只能百分百的成功，不能有丝毫的闪失。训练中，大家从国际通用信号的26个字母标准动作开始学起，炎炎夏天我们手持信号旗战斗在操场上，白天与太阳作抗衡，黑夜与蚊虫作斗争，那年春节我们也被全部留校训练，大家你追我赶，相互默默地鼓劲加油。训练中，许多同学坚持轻伤不下火线带病训练；有的同学家庭发生重大变故，依然坚守岗位，八个多月我们放弃了所有的节假日和休息时间。我们八十一位同学和三四名教官，就是凭着军人不怕苦、不怕累的训练作风，苦战了二百四十多个日日夜夜，提前完成了训练任务。

1997年7月1日，当驻港三军以威武之师进驻香港，恢复行使主权之时，我们八十一名表演者，身穿具有特色的水兵海

手旗舞表演

魂衫，手持国际信号旗，以优美的队形变换演示着"紫荆花、1997、国旗"等美丽图案，用标准的国际通用信号语向世界传递出"香港明天会更好""祝福你香港""普天同庆1997"等美好祝愿。我们的表演得到了在场观众的欢呼和赞美，表演取得了圆满成功，受到了高度称赞和肯定。学院随行的记者拍下了这难得的现场表演镜头，为我们留下了人生永恒的美好回忆。

一字值千金

或许大多数人很难体会到"一字值千金"的意义，然而在档案记载的文字中，有时一个字比千金还重要。

入伍那年，由于他人疏忽将我名字中的"峻"字想当然地写成了"俊"，刚开始我认为这只是个代号而已，没有多大的关系，然而在接下来的日子里，一字之别却带给我许多的麻烦与困惑。

1996年参加军队院校招生考试，在顺利通过单位文化水平初测、体能考核和身体检查三关之后，我却被告知入伍前后档案中的名字有一字之别。于是我辗转千里，从大连坐轮船到上海，再从上海坐火车到武汉，再从武汉搭汽车到江西，经过往返十多天的路途奔波，最终通过档案中曾用名证实了我的档案无误，我顺利拿到了参加军队院校考试的准考证。虽然这番折腾耗去了我一些复习的时间，但回到部队后我倍加珍惜这次来之不易的考试机会，学习变得更认真，时间抓得更加紧。"功夫不负有心人"，我终于如愿考取了一所理想的军队院校。当初虽然对由于经办人粗心给我带来的麻烦有些埋怨，但回过头来想起这件事，不仅没有了当初的埋怨，反而更让我懂得了档案中"字字值千金"的深刻含义。

军校毕业后，组织安排我到干部部门工作，这工作自然少不了和档案打交道。当看到档案室一份份摆放整齐的档案时，几年前的一幕再次浮现在我眼前。此时我想得最多的就是要严格按照规定做好管家。可是在后来的档案管理中，有几件事却让我记忆犹新。

有一次在整理战士报名参加军校考试的档案时，发现有一名战士的档案年龄已经超过了报考规定的要求，不能报名参加考试。作为一名档案整理人员，我一方面立即把这件事按级报告给了领导，同时主动靠上去做好考生的思想工作，让其能接受这个不争的事实。几位同事后来为了这事还找到我，看看有没有什么办法可以解决，但是面对白纸黑字的档案大家无能为力，我的做法也得到了同事的理解。作为一名优秀的学员苗子，由于年龄没能顺利进入考场，失去了金榜题名的机会，内心确实为他感到惋惜。但作为一名档案管理员，以事实为依据，维护档案的客观公正是档案管理员必须坚持的原则。

记得一位老档案管理员曾教导我：档案管好了，成绩也不会一时半会显现出来，但管不好却能"一举出名"，无论是档案安全问题，还是一件材料归档，一个项目的记载，都是不容马虎的，一旦涉及当事人的具体问题和切身利益时，就显得更加举足轻重了。我把这些话牢牢记在心里。

2004年初，上级安排我整理一位在军队退休多年，需要移交给地方的老干部档案，由于是二十世纪六七十年代的事，时间相对久远，再加上当时档案管理还不够规范，档案材料不齐全还较为普遍。当时领导交代说："档案整理是否完整，事关老干部及家人的切身利益，事关移交工作是否顺利。"面对如此高的标准，我一边仔细查看老干部档案中的每份资料，一边加强对往年档案管理知识的学习。在整理中，有时为了考证一个数字，了解一件事情的具体情况，往往需要反复查证资料，屡次走访当事人才能掌握情况。经过近两个月的加班加点，我顺利完成了领导交给我的这项任务。当看到老干部家人脸上露出的那丝笑容时，我的内心也收获了一份别人所不能感受到的快乐。通过这件事，我深深明白：今天的现实情况，就是将来的历史记载，来不得半点马虎和疏忽。

时过境迁，虽然当初的一字之别给自己带来了诸多困惑与不便，但管理档案的这段经历却让我学会了认真、懂得了珍惜，更让我深深感受到了做一名档案管理员的自豪、光荣与责任。

老铁真"铁"

老铁是我战友,转业后,他没有选择到舒适的机关工作,而是选择到最基层最辛苦的城管工作。一时间,身边的许多人都不理解,说他到时候一定会后悔的。

去年夏天的一天,岛外一远房亲戚来电话向我求援,说他家楼顶新建的阳台扶墙要拆,城管已经下达了《违章整改通知书》,督促他限期整改。亲戚在电话中跟我一再强调,只要我找人打个招呼,应该可以不用拆。

听亲戚所言,还真有必要帮一下。于是,我第一时间想到的是在一个战壕中摸爬滚打过的老铁。老铁不姓铁,只是因为他在部队工作时对基层要求十分严格,处理问题铁面无私,大家给他取了这个外号。想到这里,我开始怀疑老铁是否会答应帮忙,于是决定来个"微服私访"去找他。

第二天,我乘车来到老铁的单位附近,拨通了他的电话。电话中传来一片吵闹声、喊叫声。电话中老铁只简单告诉我,他在哪个违建现场执行任务,便急急忙忙挂断了电话。

我按照老铁告诉我的地点,边打听边驱车来到他执行任务的现场。这是一个城乡接合部，出租房生意火爆，许多人都使出浑身解数，想多盖几平方米。我慢慢向人声鼎沸的地方靠近，远远就看见老铁站在一个高高的土堆上，扯着嗓子向群众做宣传，他的声音还是像部队的广播一样，浑厚而有穿透力。

这时我又想起当初老铁在部队给战士做工作的样子，那时他的确有几把刷子，许多战士思想上的"疑难杂症"都是他主动靠上去做通的。他练兵如铁，爱兵如子。而此时面对群众，他又该如何化解矛盾呢？

十分钟过去了，半小时过去了……他的嗓子喊得嘶哑了。他走到一位老人面前说："老人家，我知道你家人身体不好，看病欠了不少钱，但是也不能靠违建来出租赚钱，有困难我们帮你向上面反映。"接着，他告诉老人，"这次拆违不是针对你一个人，所有人都一视同仁。隔壁村这几天被拆的违建，其中有好几个是我的亲戚朋友，但是法律面前人人平等……"

眼见为实。真是想不到，老铁虽然到了地方工作，身上军人特有的刚毅与正气依然不褪色，老铁真是"铁"。为了不打扰老铁，我站在远处给他发了一条微信："老铁，路过你单位，本想进去看看你，看你忙，就不打扰你，先走啦！"我一连发了三个竖起的大拇指，以表示对他的敬佩！

三个半斤

有一天跟两个同事出差去北京，刚登上飞机片刻，空姐就用那清脆的噪音告知大家，由于当前空中临时管制，飞机需要推迟起飞，请大家耐心等待。我们一脸的愕然，如果正常起飞的话，我们完全可以在中午到达北京。临时的空中管制，让我们一行在飞机上足足多待了三四个小时，原本准备在飞机上享用的空中小点心，一时替代成了大家的空中午餐，还没等空乘人员推个来回，那点小点心就被我们狼吞虎咽地吃了个精光，很多乘客还向空乘人员询问是否有多余的，看来大家饿得不轻。

左等右等，飞机总算起飞了，经过三四个小时的空中颠簸，飞机黄昏时安全降落在北京大兴国际机场，走出机场大家便急不可待地搭车前往会务安排的酒店，为的是赶上酒店安排的晚餐。可是还是过了酒店晚餐供应时间，一行人饥肠辘辘饿得慌，便四处寻找吃的。同事用手机搜了下，庆丰包子铺正好在酒店旁边，吃上一餐网红的包子，品尝那套标准的庆丰套餐，本来就在这次出行计划之中，早吃晚吃都是吃，大家便快速跑去。

吃饭高峰期已过，店铺里顾客不多，同事客气地跑到柜台抢着点餐，问服务员："庆丰包子怎么卖？"

"三个半斤"，服务员干脆地回答着。

同事默默想了想，三个都是从部队出来的，便胸有成竹地叫道："服务员，来一斤半，外加每人一碗炒肝，一份芥菜饭。"这可是当时最时尚的标配套餐。

不一会儿，服务员端上来一盘热腾腾的包子，大家迫不及待地夹上一个直往嘴里塞，看来大家饿慌了。接着又端上来了二盘。我们三个看着端上来的三大盘包子一脸的迷惑，光包子就有二三十个，外加三碗炒肝和三碗芥菜饭，本身就不大的方桌被堆得满满的。旁边桌上的顾客不时地向我们看了看，并投来了异样的目光，那目光毫无悬念地透露出对我们饭量的肯定，餐厅里的顾客不约而同地看着我们，我们丈二和尚摸不着头脑，很不自在。

我们三人不解，怀疑是不是服务员送错了，把别人的餐送到我们桌了，或者是北京人地道，硬是买一送一。这时同事走到柜台前，用非常委婉的口气跟柜台的服务员说："服务员，你是不是包子上多了，三个半斤，我总共才点了一斤半，应该只有9个，你怎么……"

服务员看看单子，微笑地对我们说："我们没有上错，你们不是点了一斤半吗？"

"对呀，我们是点了一斤半，你不是说三个半斤吗？那一斤半不就是9个吗？"同事反问着服务员。

正在我们想得到答案时，服务员突然间哈哈大笑起来："我刚才是说你们三个人只要半斤，不是三个包子半斤。"

我们终于明白，大家一脸尴尬，吃完打包走人。

两渡西沙群岛

　　小学时读过一篇《美丽富饶的西沙群岛》，课本中那威武不屈的椰林，一望无际的沙滩，碧波万顷的浩瀚大海，常常印刻在我和许多童年人的脑海里，那时不知道西沙群岛有多远，但知道西沙群岛一定很美很美。

　　西沙群岛，又名宝石群岛，历史上也称千里长沙，位于祖国南海的西北部，离海南大约 300 多公里，海域宽阔，岛礁星罗棋布。我有幸两次登上了美丽的西沙群岛。

　　1998 年 4 月，我们乘舰艇从海南三亚出发一路劈波斩浪向西沙航行，海水的颜色也渐渐由浅蓝变为深蓝。四月的南海，骄阳似火，一望无际。远眺海的尽头，远处天水之间铸起了一道弧形的天际线，为大海镶上了一道银边，海天一色，海涛泛起一道道白色的浪花，逐渐消失在舰艇的不远处。成群的海鸥在舰艇四周盘旋展翅，不停地拍打着海面，手舞足蹈，载歌载舞迎接着远方客人的到来。水里的鱼儿不甘寂寞，时而犹如水中芭蕾，翩翩起舞，时而劈波斩浪，鸢回凤翥，好生惬意。

　　西沙群岛海域物产丰富，清澈的海水像人的眼睛一样晶莹剔透，透过海水你可以看到海底飘动的海草，五颜六色，有的像雨后故乡山上长出的蘑菇，有的像草原上鹿群疯长的角，密密麻麻，一簇又一簇，一片又一片，整个海底像一个花的海洋，美丽极了。懂海的人告诉我们，其实这些并不是海草，而是珊瑚虫和珊瑚礁，与平常供人观赏的珊瑚完全不同，真是神奇。

历经数小时的航行，舰艇缓缓驶入西沙群岛永兴岛港口，远远就能看到海军信号台悬挂着满旗，这是海军行使的最高礼仪。岛上官兵告诉我们，只要有祖国的舰艇来到这里，他们都会用这种礼节欢迎远道而来的客人。瞬间一股暖流涌向我的脑海，他们用青春与热血守卫着祖国的海疆，我们应该用最高的礼节向他们致敬。永兴岛面积 2.1 平方公里，是海南省三沙市人民政府驻地，东西长约 1950 米，南北宽约 1350 米。永兴岛原名"林岛"，因岛上林木茂盛而得名。

登上永兴岛，一座高 8 米、宽 4 米的淡灰色大理石"南海诸岛工程纪念碑"映入眼帘，正面清晰记载着南海西沙、南沙、中沙、东沙群岛的历史沿革、疆域面积以及军民共建南海

永兴岛留念

诸岛的经过，背面绘有"中国南海诸岛图"，落款为中国人民解放军海军。"南海诸岛沧桑千年，炎黄后代创业今朝。"时过境迁，如今来到永兴岛，每个人都会赤诚地在纪念碑前合影留念。

岛上宽阔的水泥路，随处可见挂满椰果的椰子树。移步而至

有名的西沙将军林，它始建于 1982 年，经过无数狂风暴雨和烈日灼晒，依然挺立在南海之上，他们和岛上的战友一样毫无怨言，无怨无悔地守护在祖国的万里海疆。机场上战机锃亮锃亮，把天空映衬得蔚蓝蔚蓝，不得不惊叹祖国的强大，才能换取人民的幸福与安宁。夜晚海水闪着银光，夜空中繁星点点，真有伸手便可摘星辰的感觉。一朵朵白云悬挂在半空中，触手可及。不远处，一条银白色的带状礁盘渐渐露出水面直通石岛，与永兴岛紧连在一起，白白的沙滩上满是贝壳，奇形怪状的珊瑚礁，让人爱不释手。看烟波浩渺，听潮涨潮落，海浪像进攻的战士一样，在礁盘上不断地来回匍匐前进，海浪拍打着礁盘，循环演奏出一曲曲交响的海之韵，美妙动听。

次年 5 月，我再次航行至西沙群岛，舰艇选择在附近海域锚泊，借着补习的小船再次登上永兴岛，月朗风清，微风习习，一轮明月高挂天穹，只觉时间短暂，便匆匆返回到舰艇上，真有点不舍。艾青在《我爱这土地》中写道："假如我是一只鸟，我也应该用嘶哑的喉咙歌唱：这被暴风雨所打击着的土地，这永远汹涌着我们的悲愤的河流，这无止息地吹刮着的激怒的风，和那来自林间的无比温柔的黎明……"我是一名海军战士，有什么理由不爱这一片海洋。

琴声没了人依在

海兵与英子婚纱照的拍摄，他们把地点选择在至今还有老街味道的沙坡尾，是浪漫还是恋海，只有海兵与英子心里明白，其他再没有谁知道他们的心事。

故事得从 2000 年说起，当时海兵是东南某海岛的一名战士，这个在海岛一待就是十年的老兵，为了祖国万里海疆，他放弃了许多次进城的机会，岛上收看不到电视，他就订阅了许多报刊与杂志，可是由于交通不便，往往是延期数月后才能收到，有时碰到特殊情况报刊送不上岛，海兵就翻翻旧的报刊，再练练毛笔字，打发打发时间。有一次海兵在翻看一本旧杂志时，杂志上一篇关于如何励志与拼搏的小文章深深吸引着他，因为这篇文章正好触及到了海兵的心灵深处：家中父母长年卧床不起，年近 30 多岁的哥哥由于家庭贫穷至今未娶到媳妇，仅有的一间小瓦房也是破烂不堪。想着这些，海兵越想心里越烦躁，越想越心灰意冷。可就是英子的这篇励志小短文，让他重新看到了希望。短文的下方还留有作者的通信地址，他壮起胆提笔给远方的她写了一封没有期望回音的信。

　　这封信从厦门寄到了新疆，再从新疆又寄到了厦门。当时英子在给这本杂志投稿时，她还是新疆某校的一名高中生。但当海兵重新拾起这本旧杂志，时间已经过去了三年。这时英子已经考入厦门某所大学就读音乐专业。因此，当英子的家人收到从厦门寄往新疆的信时，英子的父母原封不动地把这封信转寄给女儿，就这样历经千山万水，这封信又折转到了厦门，或许这就是缘分。当英子打开这封信时，让她感到惊奇的是，这是一封用毛笔书写的信，一手漂亮的毛笔字深深吸引着她，让她感到欣慰的是，竟然有人看到她三年前的短文而谈感受，她立马有一种想见见眼前这位男孩的冲动。

　　英子在脑海里设计着第一次和这个男孩见面的机会，她想抛开女孩特有的矜持和羞涩，主动为海兵送一束玫瑰。她又想先给他写封信，打听打听一些事……因此，英子给近在咫尺的海兵写了一封信，就这样两人开始了鸿雁传情，两人谈学习谈理想、谈过去谈未来，两人在漫漫的爱情长河中开始了长达六年的鸿雁传情式"恋爱战"。由于海岛交通不便，他们即使想见个面都没那么容易。每次见面时，英子总是要海兵带她去看海，于是他们总喜欢牵着对方的手，从鹭江岛到民族路，再到沙坡尾、厦门白城。走累了就坐在海边歇歇脚。那时海兵经济困难，英子总是尽量让海兵少花钱，海兵也为有这样一位恋人而感到欣慰与知足。

　　然而，当英子毕业日子越来越临近之时，海兵心里越来越感到有些不安。英子说她喜欢厦门，她想留在厦门，但海兵没有能力为英子提供一个好的环境，让英子继续她的音乐之路。面对一连串的困难，海兵显得是那么的苍白无力。一位要好的老乡对海兵说："人家家庭条件那么优越，现在又考上名牌大学，会嫁给你一个士官吗？"还有人讽刺他："这简直是癞蛤蟆想吃天鹅肉，哪会有这么好的事情呀！"当时这种滋味只有海兵他自个知道，这时海兵考虑自己相对少些，他更多的是考虑英子的将来。他越想越觉得他们当初的开始是一种错。因此他打算为了英子的未来发展而放弃这段感情，他总是找出各种理由有意识地躲避着她。时间久了，这些细微的变化终究没有逃过英子的眼睛，英子劝导海兵不要乱加猜想，无论遇到什么困难，她都要留在厦门这座美丽的城市，和他一起打拼。

英子毕业那年，海兵也服役期满。从此两人开始了新生活的奔波，英子凭着她过硬的音乐天才，开办了一家音乐专业培训机构，把自己对音乐的满腔执着和热爱传授给每位学生。海兵也经人介绍到远洋轮上工作。虽然他们不能够天天花前月下，但是他们却彼此深藏着一个共同的梦想。

远航的日子虽然孤单，但只要想到远方的英子，他的耳边总会想起英子弹的那首曲子，仿佛她就在身边。重逢的日子，他们总是沿着古香古色而又繁华的鹭江道，一路细细去寻觅着那熟悉的旋律；他们总喜欢踩着轻漫的沙滩、听着大海的涛声、遥望着浩瀚星空。经过多年的辛苦打拼，他们终于在演武大桥的海边有了自己梦想已久的房子，如今只要坐在自己的客厅中，就可以一览鼓浪屿的丰姿与美丽。夜幕降临，海兵与英子总喜欢坐在自家的阳台上，沏上一杯茶，品味着茶的韵香，虽然隔海听不到鼓浪屿那优美的琴声，但脑海里那熟悉的曲子却永远不离不弃。

海面上又薄薄轻雾生起，船来船往。

延安行

　　十月的西北略显几多荒凉，远远望去树枝光溜溜的，只剩下几片叶子，仿佛昨夜经历了一场特殊的寒风肆虐。背上行囊，我们从西安乘火车前往延安学习。

　　火车在沟壑万千的黄土高原上不断地向前爬行，我的思绪也随着火车的前行不断地向外奔涌，大家恨不得将火车插上双翼飞到圣地延安，快快地亲吻心中的那片土地。清早火车稳稳地停靠在延安火车站，当我满怀深情地踩上这片黄土地时，眼前的山山水水显得是那么的熟悉而亲和，我仿佛回到了阔别多年的故乡。放好行李，顾不上一路疲劳，就前往延安"四·八"烈士陵园，陵园与延河相对，与宝塔遥遥相望，松柏环绕、庄严肃穆，拾级而上，塔尖上镰刀斧头图案金光闪闪，嵌在塔顶四周的四颗红五角星闪闪发亮，塔身正面的"为人民而死虽死犹荣"显得那么苍劲有力。我一一向每名烈士深深三鞠躬。站在台阶上，回顾那段不平常的悲壮历史，我仿佛又看到当年延安群众在机场等候中共代表凯旋的场面，又仿佛听到延安上空飞机的轰鸣声……芳草萋萋，山河悲泣，但愿长眠于此的革命前辈能感知到祖国今日的繁荣昌盛。

离开"四·八"烈士陵园，我们怀着悲伤的心情一路南下，来到了小学课本《杨家岭的早晨》中的革命旧址杨家岭，早晨的阳光格外耀眼。当年正是在这简陋的窑洞里，中共中央指挥抗日战争敌后战场并领导解放战争，开展大生产运动和整风运动。走进党的七大会场，会场内摆着整齐的坐椅，四周墙壁悬挂着标语口号，主席台虽简陋却彰显着当时伟大领袖的革命风范，同时也记录着中国革命的艰难曲折。

"几回回梦里回延安，双手搂定宝塔山。"延安宝塔呈八角形，是革命圣地的标志和象征。沿着山道踏步而上，道路两侧摩崖石刻让你尽收眼底，"嘉岭山""高山仰止""一韩一范，泰山北斗""胸中自有数万甲兵"等名句石刻随处可见，尤其范仲淹手书"嘉岭山"三字足有三四米高，气势磅礴，洒脱豪放，真有"先天下之忧而忧，后天下之乐而乐"的气概和壮志。到达山顶，映入眼帘的是各省市在宝塔下种的树木，树木上悬挂着各省市的名字，它们仿佛在表达着各族人民对祖国的拥护支持，也预示着祖国的蒸蒸日上。当我真正登上宝塔的那一刻，我被眼前既熟悉而又亲切的画面感动至极，我看到了心中流淌着中华血脉的母亲河，我看到了"星星之火，可以燎原"的延安圣地，我看到了白羊肚手巾红腰带的陕北人民，我看到了无数红旗在山岗上飘扬的美景。时间是短暂的，但延安留给我的记忆是深远的。

延安是一部厚重的历史教科书，走一回延安，回首再望一眼母亲河、巍巍宝塔、延河大桥……那份激动与期盼，会让你对这片土地永怀敬畏之心。

华山游记

　　在西安学习期间，借国庆放假之余，约几个要好的同学一起去登华山，俗话说："华山自古一条道。"怀着好奇和惊险之心前往，实有几分兴奋。

　　晚上十点从西安古城墙下乘车出发，车子在高速公路上一路飞驰，西北的郊外显得格外凄凉，透过车窗只偶尔见到星星点点的微弱灯光，一个小时车程就到达了华山脚下的华县。下车后大家就近备齐了手电、干粮，便找了个旅馆住下。凌晨一点，服务员按照约定时间把我们叫醒，大家就匆匆忙忙出发，急得赶在天亮之前到东峰看日出。

　　十月的西北，潮湿而又寒冷，刚入华山山门，一股寒气袭面而来，我深深地做了一下深呼吸，沿着山间小溪继续一路而上，两侧险峰矗立在山路两旁，远远看去仿如置身于岩石壁上。路越走越深，刚入山门时的那份喧闹也渐渐地变得幽静起来，不时一群群蝙蝠跃空擦肩而过，给宁静的夜空增添了几分灵气。

　　山路十八弯，不知在陡峭的山间路上爬行了多长时间，拐了多少弯，攀登了多少台阶，我们终于到了千尺洞、百丈崖。蹬着崖石自上而下凿开的两排脚洞，紧拉着镶在悬崖上两条粗粗的铁链，我们人挨着人依次向上攀登，真是"无限风光在险峰"，我无意中往山下一望，长长的人群像老家的龙灯一样，绵绵不断地在山间深谷中舞动前行，星星点点，忽隐忽现。凌晨五点左右，我们终于登上了观看日出的最佳山峰——华山第三高峰东峰，山峰上已经挤满了游客，时间在嘀嗒嘀嗒地敲打着思绪，不断催促着日出的到来。天渐渐微亮，羞答答的太阳在薄薄的云雾中露出了半边樱桃小嘴，不知是哪位游客忽然大喊"日出"！当太阳从云海中升起的一刹那，霞光万丈、金光闪闪，整个华山犹如一座宝莲腾云驾雾在云端之上，大家为这绚丽的日出美景振臂高呼，山峰上一片欢腾。"太美了！"大家都屏住呼吸、静静地欣赏着这盛世美景。

时间真快，转眼太阳就露出了红红的圆脸，我留恋地离开了东峰往华山最高峰北峰攀登，苍龙岭横立在眼前，犹如一条雕刻在陡峭山壁上的巨龙，大自然真是壮观。行进在苍龙岭上，山岭陡如云梯，山脚尽收眼底，左边是原始的茫茫林海，右边是直立的北峰，华山上的挑夫挑着重物飞快而上，让人十分佩服。过了苍龙岭进入天门，天门两侧铁链上挂满了无数的连心锁，许多路过的客人把自己对祖国的赞美和对家人的真诚祝福都锁在了天门之上。

进入天门，山上又如一巅，高大茂密的森林、精致的驼峰石头、古代文人侠客的石刻随处可见。沿台阶而上登顶北峰，"会当凌绝顶，一览众山小"的美景顿时让你心旷神怡起来。

珍贵的军地情

我到厦门工作时，位于中山路尽头的厦门市工人文化宫已开始着手乔迁，我只是略略见过它最后的身姿，而关于它的故事我都是听来的，十分传奇而又珍贵。

几年前，有一次陪部队老首长到公安局办事，他指着如今的公安局大楼语重心长地说："这里原来是厦门工人文化宫所在地，我还在这里义务为厦门市民作过多场爱国主义教育讲座呢？"让他记忆最深的是，有一次在作解放厦门战斗故事报告时，整个现场被挤得水泄不通，上至七八十岁的长者，下有拥抱怀中的婴儿，台下过道、台上讲台旁都坐满了观众。当他以军人那刚强的气势走上讲台，现场响起了雷鸣般的掌声。这一刻让他又想起了当初解放厦门，无数厦门百姓欢迎解放军的热烈场面，无数战友浴血奋战抢滩登陆时的感人情景。他说他是含着泪水讲完整个战斗过程，大家听得十分入神。在讲到战士用血肉之躯把红旗插在神山上时，无数观众泪流满面，有的还哭出了声音。有一位小观众，用十分稚嫩的声音跟老首长说："长大后我也要去当兵，去保卫我们的国家。"多年以来，许多老首长经常到工人文化宫为观众作爱国主义宣传教育，成了工人文化宫的座上客，工人文化宫成为许多有志之士成才的发源地，激励着一代一代的有志青年。

接着老首长又说道："在过去学习渠道还不多时，我们部队的许多战士，经常利用业余时间来这里补习文化知识，后来很多同志都成了部队的军官，有的回到地方也成为地方建设的佼佼者。"二十世纪七八十年代，军地兴起了共建共学，作为距离部队数百米的厦门工人文化宫，在为战士进行文化知识补习时，不仅提供了便利渠道，而且选派优秀的老师担任教员，许多战士利用业余时间充电学习，文化素质得到了不断提高。"八一"建军节，工人文化宫还为部队送去自编自演的小歌剧、小话剧、小品等节目助兴庆祝，部队也适时为工人文化宫选送一些展现军人气魄的军体表演节目。每当有重要活动，比如丁玲、陈明、魏巍、马烽、陈登科、杜宣等著名作家到文化宫介绍写作经验，文化宫都会邀请部队派人参加学习。这时部队也会专门安排技术好的拍照人员支持，如今许多照片都成为工人文化宫的历史资料片，十分珍贵。工人文化宫与部队的往来互助，密切了军民关系，一时传为佳话。

回首厦门工人文化宫走过的峥嵘岁月，无论是他在最初的单一娱乐阶段，还是到如今的综合式文化服务过程中，他坚持"服务社会、服务基层、服务职工"的宗旨始终没有变。我们在赞叹它丰富群众生活、提高工人素质、培养各类人才的社会功能之时，它与部队的那段特别情愫，格外值得珍藏与弘扬。

特殊的驾照

　　打开郑老首长的柜子，在满满一箱子的奖章证书内，有一本珍藏了60多年的汽车驾驶执照格外引人注目。驾驶执照封面印着"汽车驾驶执照"六个大字，中间标有编号，封面的下面印有中华民国三十八年字样，由于时间久远，字迹已经模糊不清。

　　驾驶执照的第一面，左页清楚地记载着本执照的收执人和发证时间"中华民国三十八年一月"，并盖有"山东省公路运输总局"的红色方形印章。右页正上方印有一个红色五角星，下面依次标注了：本执照有效期限、本照号码、准驾驶、考验机关、主管员、考验员等资料。特别显眼的是：这本驾驶执照的有效期限为1948年12月30日至1949年12月30日，正好见证了新中国的成立。第二面至第八面分别是：技术记录，主要记载着驾驶员的技术等级考核和离开驾驶员岗位情况；工作鉴定主要记载着驾驶员驾驶的车辆情况及执照种类，当时执照种类分为特、甲、乙、丙、丁；奖赏记录和惩处记录主要记载着驾驶员受到的奖励和处罚情况；工作记录主要记载驾驶员工作的主要情况；持照须知页相当于现在的驾驶证使用规定，内容大概是严禁将驾驶执照借给他人使用、出车时必须随身携带、执照因违反规定没收时需要对方出具收据、遗失补办规定、此证不能作为通行证使用和违规对驾驶员处理规定等六个方面。最后一页是驾驶员信条，内容分别为爱护车辆、节省油料、谨慎驾驶、遵守规章，落款盖有这本驾驶执照的发证机关山东省公路运输总局的红色圆形印章。

当年郑老回忆说，在那个战争年代，车辆十分罕见，能当上驾驶员，特别是为领导开车的驾驶员更是不易，除了政治上要保持绝对的合格外，技术上还得层层过关才能取得驾驶执照。郑老驾驶过的车辆种类繁多，从两个轮子的摩托车、三个轮子的边三轮、四个轮子的吉普车和多个轮子的载重车他都驾驶过，驾驶技术绝非一般。郑老八十多岁高龄时，依然谈笑风生、幽默多趣，开玩笑时他总想和我们年轻人比个驾驶水平高低，这种不服老的精神也一直激励着我们年轻人不断进取。每次提到这本驾驶执照，总会勾起郑老对往事的无限回忆，因为当年郑老持有这本驾驶执照的时候，他担任的是将军的驾驶员。因此，这本驾驶执照不仅见证了新中国的成立，而且珍藏了当年郑老和两位将军的浓厚战友情。

睡在我下铺的兄弟

2022年清明节后，战友群发了一条秦战友突然去世的信息。一时间整个群炸开了锅，大家都感到十分惋惜，在老家的战友纷纷约定时间一起去参加告别仪式，外地的战友也在群内悼念与不舍。

1992年底，我们县城六七十名年轻小伙，搭乘同一艘海轮入伍到了大连，秦就是其中一位。新兵连地处偏僻的郭家沟山沟里，营房是清一色的苏联建筑，我和秦被分配在同一个区队，三十多人挤在一间大大的房间内，上下铺的床密集地摆在一起，十分拥挤。凑巧的是，他竟然是我的下铺。可能是因为我俩个子较小，班长怕我们睡着了会掉下来，在分配床铺时，有意把靠在墙角的床铺分给了我们俩，新兵连三个月，他便成了睡在我下铺的兄弟。

新兵连除了训练，还有一项重要的任务就是叠被子，一床宽大的被子要叠成豆腐块，除了下苦功夫外，还需要有一定的技巧。那时我睡在上铺，不仅不方便叠被子，而且从视角上来看，叠得再好的被子摆在上铺，也总是显得非常难看。我有好几次因为被子叠得不合格，被班长排长训过罚过。后来为了提高训练质量，规范日常生活言谈举止，区队开展了上下铺互帮互助活动。在叠被子的"伟大工程"上，秦他可没有少帮助我，他不仅教我怎么叠，还亲手帮我叠，甚至有一两次，他还把他自己叠好的被子与我的被子直接对换，把他的被子摆在我的床铺上，班长大大表扬我叠被子水平提高很快，他自己却受到班排长的批评。那次虽然我得到了表扬，但内心却高兴不起来，反而感到十分惭愧。从此我暗暗下定决心要认真训练，不能再拖累战友，在他的帮助下，我的军事训练水平得到了突飞猛进的提高。

他不仅训练上乐于帮助人，而且还写得一手刚劲有力的好字，他将正楷与草书巧妙地结合在一起，运笔圆滑如风，别具一格，与众不同。那时连队有一个老乡，文化程度较低，连写信给家人的能力都受限，加上新兵连本来训练任务就很重，连队安排给大家写信的时间，也仅仅只有周末晚上的一两个小时。秦他总是抽出时间，帮助这位战友给家里人写信报平安。连里要出黑板报，他每次都主动请缨，与连里另一位书画特长的战友联手合作，一字一画，精益求精，为连里取得了一个又一个荣誉。人如其字，他的为人就犹如他的字一样，正直而又不失圆滑。

新兵连结束，我们又被选拔到训练团同一个中队学习，虽然不在同一个班，但我们依然天天相见，谈理想谈未来，聊过去话将来。分下连队后，我在大连，他在旅顺，我们相距一百多公里，每次舰艇出海经过或临时停泊旅顺时，他和旅顺的战友都热情地接待我们，当时大家经济条件都不太好，再加上部队管理的规定，虽然每次接待只有花生米、榨菜和香槟汽水，没有大鱼大肉、山珍海味，但我们那份战友情却深似海。

忆往事思念常在，愿战友一路走好。

怀念张政委

听到老首长张政委离开的消息，心情变得无比沉重。当年我曾有幸在老首长身边工作四年多，也因此亲身感受到了这位老革命平凡而又不平凡的一生。

战争年代，他跟随第三野战军 29 军 86 师 256 团一路从北打到南，相继参加过宿伯、盐城、淮海、渡江战役，苏中七战七捷和解放上海、福州、厦门的战斗，战功赫赫，先后被授予三级解放勋章和胜利功勋荣誉章。在解放厦门的战斗中，张政委时任 29 军 85 师 254 团 3 营 9 连政治指导员，在进攻机场神山方向时，大家既要克服渡海晕船的考验，又要遭遇国民党军队重火力的阻拦，为了顺利突破重围，把红旗快速插在神山之上，接连牺牲了 9 位战友，最后经过全体战士顽强战斗，胜利夺取了制高点。张政委生前每次谈及这场战斗，总是泪流满面。

2009 年，新中国成立六十周年，是老首长最繁忙的一年，厦门许多单位都邀请张政委给大家做革命传统教育讲座，随从医生考虑到他年岁已高，劝他减少外出活动，但都被他驳回。最难忘的是为厦门大学学生所做的那场传统教育讲座，报告厅座无虚席，原计划一个半小时的讲座，因同学们的一次次掌声而延长到三个小时，直到中午 12 点多才结束。报告结束后，厦门大学的校领导早已等候在门外，想请老首长一起去学校吃顿便饭，并给老首长送来了讲课费。可是老首长不仅当面拒收了讲课费，而且坚持午饭也要回到家里吃。在场的厦大校领导说："辛辛苦苦在讲台上讲了三个小时，不仅不收讲课费，而且到了吃饭时间连饭都不吃，这种精神，真让人感动。"许多老师和同学都被老首长的无私奉献所感动。

一年夏天，我陪他到福州参加活动，我们住在海军部队招待所，在福州他有很多当年的老战友，为了能见个面又不打搅老战友，他利用晚上休息时间，拿着十多年前的通讯录，不打招呼登门拜访，让许多老战友都感到十分惊讶。有一天晚上回到招待所，时钟已经指向了晚上十点钟，我们都准备睡觉，而张政委他竟然一个人到街上买来了一个大西瓜给大家吃，我们一起四人硬是把一个大西瓜吃完了，他看到大家都吃得撑得难受，他却笑得像个老小孩。

转业后第一年端午节前，张政委打来电话："小陈，端午节有没有放假，如果放假的话，我这里有本书要给你。"接到张政委的电话，我忽然察觉到自己三四个月没有回原单位去看他老人家了。于是端午节我就急忙去看他，张政委和老伴洪阿姨看到我来了，两老翻箱倒柜给我找好吃的，桌子上摆得满满的，张政委还亲自用他颤动的手剥了一个橘子给我吃。刚坐下不久，洪阿姨就端上来了热气腾腾的粽子。洪阿姨从小在小嶝岛海边长大，是闻名全国的小嶝岛民兵英雄，对海有着特别的情义与情怀。洪阿姨包的粽子也是海味实足，粽子多以海鲜为馅，一个粽子足有三四两。那天吃粽子时，张政委看到我吃了一个就说吃饱了，就笑着说："你这小孩还不如我这老人家，我都吃了两个啦，你再来一个。"走的时候，张政委不仅送给我一本《小嶝岛——昨天这里是战场》，还让我带几个粽子回家给小孩吃。张政委对身边的每位同志都是如此热情而又真诚。在老首长身边工作的几年内，他一直把我当晚辈一样关心和关爱。在晚年时，他还倾注全部心血开展关工委工作，他把自己生命的全部余热都献给了下一代！

　　从抗日战争到解放战争，从在职工作到离休赋闲在家，他始终坚守对党的忠诚、对工作的专注、对他人的宽容、对生活的热爱。如今他走了，但他的一言一行却铭记在心。

▼

第四辑

杏林湾畔逸思飞

新城夜色醉迷人

　　集美新城临湖而建，水因城而灵性，城因水而多娇。如果把白天集美新城展现给大家说成是一位阳光男孩，那夜幕下的集美新城一定是一位漂亮的西湖女子。

　　新城以市民广场为中心，一面是霓虹闪烁的摩天大楼，鳞次栉比、错落有致；一面是气势磅礴的嘉庚建筑，金碧辉煌，庄严古典。置身这中西共存、古今交相辉映的建筑群中，灯光的美妙点缀与交汇，让新城更富时代特色和文化底蕴，不知不觉我的心情也变得豁然开朗，心跳的节奏随着广场音乐和灯光的节奏而跳跃起来，美妙至极。

　　广场上人头攒动，三五成群，或快步健走，或闲庭信步；或窃窃私语，或高谈阔论；或是年轻恋人，或是年长老者，他们都尽情享受着美好时光。最惹人注目的一群轮滑小朋友，脚上的荧光鞋像哪吒脚上的风火轮一样，在平坦的广场上划出一道道亮丽的弧光。他们不惧失败和艰辛，哪里跌倒哪里爬起，额头上豆大的汗滴在灯光的照射下，粒粒如珠，快乐在他们脸上流淌，幸福弥漫着整个夜空。记得在我儿时那个年代，当夜幕降临的时候，山村里的小伙伴只能借着满天繁星玩着老鹰抓小鸡的游戏。如今小朋友们可以在夜如白昼的广场上无忧无虑地尽情玩耍，让人真是羡慕。年代不同，但我们都有着永不言败的拼搏精神，难能可贵。

不远处，杏林湾园博苑湖面水舞秀已震撼登场，广场上的游客如鱼般向前涌去，好生热闹。伴着或悠扬或激昂的音乐声，五颜六色的水柱、水球、水幕，与整个湖面灯光交织，五彩荡漾，时而像一群沐浴而出的少男少女轻歌曼舞，时而像一群翩翩起舞的白鹭展翅高飞。当水舞秀映射出"一座城市一位老人"的字幕，又见校主陈嘉庚影像时，全场一片欢呼，动与静，天与地，灯光、水波与声音的巧妙交融，让观众在强烈的立体视觉中，穿越时空地亲身感受到集美新城独特的人文精神和城市魅力。

水舞秀在群众的喝彩声中依依不舍落幕，沿着漫步道一路前行，杏林湾标志性建筑月光环犹如一轮圆月已从海的那边升起，移步换景，人在画中，景在眼里，当杏林阁与月光环完全吻合，与月光环中怒放的三角梅影像重逢之时，一幅幅海誓山盟、百年好合、花好月圆的美景跃入眼帘，平静如镜的海面顿时又沸腾了起来，又见"海上生明月"，共享"天涯共此时"的动人光景。

从造型惊艳的水舞秀到花好月圆的月光环，从高大气派的运营中心到气势磅礴的嘉庚建筑群，从晨钟暮鼓的钟鼓楼到标志性景观集美塔，它们处处绽放着流光溢彩，熠熠生辉，就像一颗颗璀璨的夜明珠镶嵌在杏林湖畔，无不展露着集美新城夜色的古韵与时尚、青春与活力，无不彰显着集美人千帆竞渡、敢为人先、勇立潮头的人文环境和精神风貌。

集美处处皆美景，新城夜色醉迷人。

时光里的集美学村

　　每天清晨，一缕阳光从海的那边升起，越过地平线，把龙舟池畔的集美学村照射得精神抖擞，整个大地像淋浴过一样苏醒来。龙舟池里的鱼儿欢快地在水中泛起一朵朵小浪花，你追我赶地追逐着。晶莹剔透的露珠错落有致地点缀在花草的脸上，迎着那迷人的阳光，就像还没有睡醒的婴儿，不停地眨着自己的眼睛，忽闪忽闪的，慢慢地把整个大地都眨醒了。

　　龙舟池的早晨，凉风习习，穿透着拂向每个角落，湖面轻雾缭绕，厦门大桥上车辆来来往往，微弱的灯光缓慢前行，朦朦胧胧。池中水面微波荡漾，静卧在湖面上的龙舟，犹如在雾气氤氲中泡温泉的少女一样，尽情舒展着自己碧玉般的身姿，享受着大自然赋予的美感与欢悦。闭上眼睛深深呼吸，脑海里那龙舟池中千帆竞渡的追逐场面又浮现在眼前。每年端午赛龙舟，擂鼓齐鸣一声令下，万箭齐发，鼓声呐喊声吆喝声，整个龙舟池汇聚成欢乐的海洋。

　　最有味的还属捉鸭子比赛，只见选手们朝着鸭子飞奔而去，排山倒海的气势把鸭子吓得或满池乱飞，或潜入水中。选手们费尽周折往往也是两手空空,逗得岸上的观众阵阵大笑。池畔整齐高大的槟榔树,像一排排钢铁战士,迎来送往着四季交替,遮阳挡风,用忠诚守候着那一池碧蓝的海水。渐渐地龙舟池畔晨练的人多了起来,太极达人的以柔克刚、游刃有余的磅礴气势,似有独步天下的豪迈气场,吸引着不少早起游客或驻足、或模仿;一首悠扬的笛声,从池的对岸堤坝上飘来,循声而望,见一长者神情自若地吹奏着,几只爱听笛声的海鸥也飞过来凑热闹,忽高忽低地盘旋在头顶上,不时附和着笛声的节奏,发出几声嘶喊,便扬长而去,与潮起潮落的大海涛声,逐浪成一首动人的大海赞歌。这种远与近、虚与实、动与静的美妙交融,行走在龙舟池的任何一个角落,举头便是一幅幅写真的实景油墨画,犹如人在画中游。

踏步向西沿海而行,一座高大的闽南建筑风格的牌坊,面朝大海而建,大门顶上雕刻着廖承志先生书写的"集美学村"四个鎏金大字,左边刻有"集美大学",整个牌坊足有二三十米高,集美学村是集美各类学校和文化机构的总称,它是由著名爱国华侨陈嘉庚先生于1913年开始集资创办的。

沿花岗岩的嘉庚路走进集美学村,一幢幢嘉庚风格的学生楼舍掩映在绿树花丛之中,别有风味。道路两旁别致的洋楼一栋挨着一栋,尽显富贵与典雅。透过造型独特的每扇窗户,听听学子们的朗朗读书声,思绪像潮水般向外涌去,有人说石鼓路之名,是因为海边几块石头被潮水拍打发出的声音像敲鼓一样。我倒是认为,那是学子们的读书声,在不断地敲打着每个人的心灵而发出的声音。见景思乡,真想背起书包再当一回学生,在红砖绿瓦、恢宏大气的建筑中,接受一回陈嘉庚先生思想的熏陶。也因此,我对石鼓路的那份念想,也变得更加多愁善感起来。

踩着光滑湿润的青石板，步履之间，街头巷尾随处可见的市井生活迎面而来。路边撬牡蛎的老人，吆喝的小贩，或推着小车，或挎着篮子，或直接摆在地上。店铺里蚵仔煎、沙茶面、花生汤散发出的香气，诱惑着路人停下前行的脚步。人们三三两两地围在榕树下，或泡着功夫茶聊天下大事，或棋逢对手杀个你高我低。舞台上似懂非懂的闽南语乡曲，悠扬婉转的小调给异乡的游子又多添了几分乡思。路边随手拈来的市井生活，是那么的亲切而又熟悉。

漫无边际地走着走着，回望南熏楼，又见龙舟池，仿佛我也就成了这村子里的人。

飞走的鹌鹑

　　小雨过后，五月的小区树木郁郁葱葱，花团锦簇，树叶上水珠风吹摇曳垂垂而下，整个大地变得湿润起来。妻子去小区跑步，我伏案在书房修改书稿，以便如期完成自己第一本散文集的出版。

　　窗外是美丽的杏林湾，湖水清澈犹如初夏多愁善感的妙龄少女，微风轻轻总会漾起阵阵涟漪。手机响了，妻子打来电话叫我下楼，说小区路边树丛里有一只鸟飞不动了，问我怎么办？我让妻子不用管便匆匆忙忙挂了电话。不一会儿，妻子又打来电话让我下楼，说这小鸟可能是受伤了，我知道她心善，恭敬不如从命便迅速下楼，只见一只叫不上名字的鸟畏缩在树丛下，身子微微有些颤动。我伸手抚摸着它的身子，它没有半点躲闪，反而向我靠近。我把它轻轻捧在手里带回家，找来一个纸箱，放上小米和水，为它搭建了一个临时的窝。不知道是对这个窝不满意还是别的原因，我偷偷观察着它的一举一动，只见它一直躲在角落里一动不动，于是我担心起来这鸟应该是真受了伤，而对于它的状况我举手无措，不知如何是好。

　　我随意用手机拍了几张照片发到朋友圈，向朋友求证这到底是什么鸟，以便根据鸟的喜好为它准备点食物。朋友圈一经发出就热闹起来了，保安大哥非常肯定地跟我说这是鹧鸪，说这鸟珍贵，营养价值又高，一个山头只能容留一只；机关小洪说是芦丁鸡，爱吃小米爱下蛋，可以当宠物养；著名作家陈满意老师微信留言，一口咬定是鹌鹑，并且非常肯定地说不是鹧鸪，这让我突然想起他在《喜鹊是村庄的标点》一书中，他有写过《把鹌鹑》，他认定为鹌鹑应该最有权威性；儿子在学校用一个电脑软件直接扫描也显示为鹌鹑，并让我养到周末等他回家，再一起放回大自然。橡树湾三期的好邻居还免费送了一个鸟笼，让鹌鹑有了一个宽敞明亮的家。饲养中我不停地给它喂各种青菜，还特意买来玉米给它吃。摄影师小陈连忙告诉我，说鹌鹑吃青菜会拉肚子，让我买些鸽粮给它吃；报社李编辑让我到钓鱼的店里买些面包虫给它吃；同事小张更是半开玩笑地说"你以后可以提笼遛鸟盘核桃"，想不到一只鹌鹑竟引来无数朋友的关注，爱鸟的人士还真不少。

　　鹌鹑按年龄一年的叫"雏子"，二年的叫"白荡"，三年的叫"早就"，四年的叫"菜瓜"。公鹌鹑喜斗喜叫，是"勇士"也是"管家婆"。一大早，大概四五点钟，天刚蒙蒙亮，睡梦中的我就被它"咯咯呵"的叫声惊醒，跑到阳台一看，原来是鹌鹑在叫，我轻轻喊道"不要叫"，它马上乖乖地缩在鸟笼的一角，低着头像做错了事认错的小孩一样一动不动。如果你想再睡个"回笼觉"，只要它一会儿没看到你，它又开始叫起来，这绝对是让你不睡懒觉的好家伙，一点情面都不给。白天在家也是如此，只要很久没听到声音或看到你走动，它就会随时叫上几声，刷一刷自己的存在感，你只要喊一声"不要叫"，即使没看到人，它也会停止叫喊，原来它孤独时也需要有人陪着玩，动物跟人一样喜欢热闹。到了晚上九十点，夜深人静，周围万籁俱寂，如果你还在家里灯火通明，这好管事的鹌鹑一定会大声叫上几声，直到你把灯关了，它也就安静下来，真是个督促你早睡早起的好"管家"，让你哭笑不得。

　　周末或节假日，谁都想睡个懒觉或熬夜刷个电视剧，于是我上网查找有什么办法能让这鹌鹑不叫，还真找到了答案，或让它没办法伸长脖子就叫不了，这办法不好控制；或在鸟笼上罩上一层黑色的袋子，让它白天感到夜的黑，这方法好，我立马找来一个黑色的垃圾袋往上一套，果真奏效，原来它见不到光线就认为是晚上，它乖乖地睡，我们也就可以好好地睡个觉。可是如果周边喧哗起来，套个袋子也骗不了它，它非把你叫起来不可，原来这鹌鹑不仅有互斗的勇气，还有与人斗的情商，真让人感觉好玩好笑。

　　除了吵得烦人，清理鸟笼卫生也是一件麻烦事，我在鸟笼底部垫上一层报纸，隔天更换一次还算比较容易。每次你打开鸟笼，鹌鹑它就会试探地从里面走出来，摇头晃脑，左看看右瞧瞧，哪里有亮堂往哪里溜达，一副若无其事的样子。客厅里电视机的声音，也会让它目不转睛地看上半天，很是陶醉的样子。有时故意逗着吓唬它，它就自己跑进笼子躲起来，再在笼子里上蹿下跳地发着狂，不停地用嘴啄着鸟笼向你示威，它也知道"家"是它最安全的地方，看它发狂的样子真是可爱。我想如果有一个会把鹌鹑的老师傅，一定能把它把成远近闻名的斗鹌鹑冠军，让它美名远扬。

　　一天傍晚窗外刮着风，我照例把它放出笼里清理脏物，它没有像往常一样走进客厅，而是跑到了阳台的花盆边，接着跳上了阳台边沿，我正担心它会掉下去时，只听见翅膀发出"扑哧扑哧"声飞出了阳台，消失在小区远处的树林里。妻子赶紧跑到阳台上问我，是摔下去了还是飞走了。我说是飞走了，妻子说让他回归自然，那才是它的家。外边刮着风下着小雨，妻子担心它会受伤或淋湿，下楼在小区里转了几圈也没有见到鹌鹑。第二天早上四五点，我趴在阳台上静静观察，期待它能跟在家一样依然在天刚亮就"咯咯呵"地叫着，却杳无音讯，那份失去感像这些天的雨一样绵绵不断，充满惆怅与不安。

天气放晴，我坚信那擦肩相遇而过的鹌鹑，一定又回到了小区外风景秀丽的杏林湾湿地公园，开始了它新的生活。鸟笼里的生活虽然安逸无忧，但终究没有外面的世界精彩，想到此我也便有了一份心安。

行走在园博苑

园博苑与杏林湾相依相偎，像一对恋人，在绿水与森林的亲密之间，勾画出了一座"园在水上，水在园中"的盛大画册，置身园中一派江南水乡的美景就映入眼帘。

阳春三月，周日暖阳，从厦门岛内乘地铁1号线至园博苑出站，一座形如白鹭的园博苑大门横空于眼前。园博苑总面积达10.82平方千米，其中，陆地面积5.55平方千米，水域面积5.27平方千米，为历届园博会之最。

厦门园博苑与众不同，它是由14座桥梁将多个小岛串联在一起的，每个小岛都像是一颗颗璀璨的明珠，被紧紧镶嵌在杏林湾的湖面之上，近看繁花似锦，绿树成荫。眺看不远处成群的鸬鹚在水面上展翅飞翔，时而腾空而起似波浪翻滚，宛如惊涛拍岸；时而疾速飞来铺天盖地，势有翻江倒海，他们在天空中摆弄着自己轻巧的身子，像在织就一张张无形的网，又像是在用心绘画着一幅幅精美的沙画，在蔚蓝的天空中尽情舒展着自己的美。他们自由自在，根本没有把游客放在眼中，我行我素，与自然和谐相处得恰到好处，很有亲切感。

步入园中，游人如织，草地上三两成群，阳光穿过树梢洒落
在每个人的脸上。园中的小孩或欢快地追逐着，或手持风筝放飞
着自己的梦想。行道上一辆辆脚踏车，慢悠悠地来来回回，一对
对情侣漫无边际地一边蹬着自行车，一边唠着心里话，不时发出
咯咯的笑声，惊开了路边的小花，很是甜蜜。一对看上去六七十
岁的老伴，使出全身力气蹬踏着人力自行车，车子依然是缓缓地
前行，似乎想与年轻人比个高低。一位可爱的孩子见状，连忙上
前帮忙推着车子前行，惹着大家哈哈大笑。这时，我突然想起那
年出差在杭州，叫上一辆人力黄包车漫无目的满城逛的悠闲日子
来。此城非彼城，风景赛西湖，心情也自然豁然开朗起来。

走过一园又一园，大风车前的郁金香展，吸引着许多爱花的
游客，看花的人群排起了长长的队伍，人山人海。五颜六色的郁
金香，或蓝或白，或红或紫，争奇斗艳。一些含苞欲放的花骨
朵，像还在酣睡的婴儿一样，在大地的摇篮中享受阳光的滋润。
园艺师巧夺天工的手，把郁金香扮成了许多动植物的造型，惟妙
惟肖，可爱动人，吸引了许多小朋友驻足合影留念。我喜欢郁金
香，不是因为它有五彩缤纷的色彩，我更欣赏的是它有高雅的气
质，从含苞到绽放，再到凋谢，它始终挺直着身子，从不低头示
弱，坚持把最美的姿态与容貌呈现给游客。风吹不倒，雨打不
垮，那骨子里藏着的那股劲叫人心悦诚服。想想这倒有些像老
家乡亲永不放弃、永不示弱的骨气。每遇此景，又让我想起李白
《客中作》"兰陵美酒郁金香，玉碗盛来琥珀光"的诗句，无名的
思绪随着那大风车又转动起来，叫人想家。

沿湖而行，平静如镜的湖面不时漾起阵阵水波，湖对岸的高
楼大厦倒映在水中，摇摇晃晃，忽上忽下，城在水中的美景，被
从岸边水草里惊飞而来的白鹭，吓得支离破碎，瞬间消失在湖的

144

中央。行走在园博苑中，四季如春的岭南园区、南京秦淮别苑、广州南世家苑、郑州梨园飞歌园，福建乡土闽台园，中华教育园……一路向北领略着祖国河山的壮丽，感受着中华五千年的辉煌文明。行走在园博苑中你犹如游走了大半个世界，处处美景让你流连忘返。

走出北门，一眼望去便是集美新城，宽阔的市民广场，叠叠嶂嶂的高楼大厦，点亮了整个夜的思念，远处的杏林阁"娴静时如娇花照水，行动处似弱柳扶风"般迷人。海天一色，移步而行，当杏林阁与月光环重逢之时，"环中藏阁，阁在环中"的美景，让你赏心悦目，心旷神怡。

嘉庚精神博大精深

　　2014 年 10 月初，在纪念陈嘉庚先生诞辰 140 周年之际，集美区关心下一代工作委员会组织编写了一本《走进陈嘉庚》讲义读本，因为在集美工作，我有幸成了首批读者。我读过很多有关嘉庚先生的文字，但每次读来都有新的收获和感动，时间越久越能领会到嘉庚精神的博大精深。

　　1954 年，在中央批准修建鹰厦铁路之时，当时计划铁路从漳州的角美向东北延伸至集美天马山，再沿杏林湾东岸南伸，与高集海堤相接进入厦门岛。嘉庚先生得知这一计划时，觉得线路绕道太远，不利于厦门发展，建议铁路从角美向东经灌口至杏林，再从杏林修海堤到集美，与高集海堤相接进入厦门岛。嘉庚先生的建议得到了当时的厦门市长的充分肯定，却遭到了苏联专家以缺乏技术和资金为由的否决。嘉庚先生并没有就此放弃，他始终坚信只要是利国利民的建议，就一定能得到大家的拥护和肯定。他就此特意写信向总理反映，并带着满腔的爱国爱乡心情激动地说："修这堤不要说钱，就是连我这老骨头我也可以献出来！"经过一波三折，鹰厦铁路最终以如此完美的路线进入厦门，从此为厦门经济插上了腾飞的翅膀。

今天，当我们乘坐高铁进入厦门岛，沿途欣赏着两边美景时，我们不得不敬佩嘉庚先生当年为厦门发展做出的贡献，更敬仰嘉庚先生敢于较真、敢于坚持、心里只装着国家和人民的高尚品格。如今在厦门，你不仅可以见到独特的嘉庚风格建筑群，你更能体会到嘉庚精神带给厦门这座城市的文明与美丽。嘉庚精神不仅是当时那个年代的时代音符，而且成了厦门这座城市的美丽印记。他的赤子之心，深深激励着越来越多的厦门人去奋斗、去拼搏、去创新、去追求真理。

2005年，嘉庚先生的侄子在接受记者采访时，曾这样对嘉庚精神作了精辟概括：有一种精神是一锅百年老汤，味正，绵长，常喝常鲜。有一种品格是一副百年老药，色正，料足，常备常用。有一种口碑是一座百年老店，斑斓，大气，百进不厌。事实证明，在任何年代，博大精深的嘉庚精神不仅永不过时，而且一直长存在人们心中。

赛道上最美的背影

转眼间，厦门马拉松赛走过了二十个春秋。每每站在美丽的赛道旁，举着红旗为赛道上的无名英雄呐喊加油时，总有许许多多感人至深的人和事涌上心头。

最难忘的是 2014 年的比赛。那天晴空万里，宽阔平坦的环岛路上，别具匠心的马拉松雕塑、摇曳多姿的城市绿化景观、高耸入云的高楼大厦，把马拉松赛道装扮得格外美丽。鹭岛这座动感的现代化城市，用美丽和激情迎接着五湖四海马拉松选手的到来。

为了能够近距离一睹各路选手的风采，比赛还未开始，许多观众早早就挑好位置，等候在运动员经过的赛道边。赛道两旁人山人海，彩旗飘飘，大家不停地挥动着手中的红旗，欢呼着为赛道上的运动员加油喝彩，用满腔热情迎接着每一位运动员的到来。为了留住美的瞬间，我不时拿出相机捕捉着来来往往的运动员。忽然，一名三四十岁的男运动员冲出了赛道，在我还来不及举起手中的相机时，他随即被一名手带相连的志愿者拉回到赛道上。原来，这位跑出赛道的运动员是位盲人，而与他手带相连一起奔跑的是他的领跑员，刚才正是他的领跑员把他拉回了赛道。当我再次举起相机，想把这最美的瞬间留住时，他们的背影已经消失在前行的队伍中。在场的观众都把敬佩的目光，投向了这位特殊的参赛选手。

原来，为了让更多的马拉松爱好者参与到比赛中，让更多特殊的人享受到马拉松带来的快乐，组委会在保障安全的前提下，增加了轮椅半程马拉松比赛，并首次允许盲人参加比赛。我们在为这位盲人参赛运动员的顽强拼搏和勇于超越自我的精神点赞时，更深深地为厦门这座城市的广泛性和包容性点赞。

42.195 公里的赛程，对普通运动员来说也许只是一个挑战，而对于一位盲人参赛运动员，即使半程马拉松也是非常艰难的历程。这不仅需要运动员有坚强的毅力，更需要有克服身体缺陷的心理承受能力。我想，这位盲人运动员虽然看不到我手中挥动的红旗，但他一定能够感受到无数厦门观众带给他的热情与喝彩。我虽然没有及时拍下这最美的背影，但他们克服困难、挑战自我的精神，一直在深深激励着我不断前行。

人生路漫漫，从呱呱落地到慢慢变老，人生不可能一帆风顺，每个人都会在不同时期遇到各种挫折和困难，但只要你始终怀有"顽强拼搏、锐意进取、勇往直前、永不止步"的马拉松精神，人生旅途中的挫折和困难就会迎刃而解，激情和快乐就会洋溢在你我的脸上。

难忘那最美的背影，他一直在激励着我去努力、去奋斗、去拼搏。

嘉庚先生的厦大情

第一次翻读《南侨回忆录》这本书，大概是十几年前，那时我在部队工作，在为部队进行爱国主义传统教育时，我常引用书中嘉庚先生许多爱国爱乡的篇目，丰富了部队教育资源，激励着一代代官兵献身国防的爱国情怀。

为纪念陈嘉庚先生诞辰140周年，厦门市委统战部、集美学校委员会、厦门日报社联合举办了"我心目中的陈嘉庚"征文活动。此时作为集美区政府机关的一名工作人员，为更加全面领悟嘉庚精神，我再次细读了《南侨回忆录》等文献资料，嘉庚先生的丰功伟绩，为我做好新集美人，立足岗位作奉献，提供了强有力的精神支柱。我的征文《嘉庚精神博大精深》能够获奖，得益于集美人文气息这片沃土的培植和嘉庚精神的熏陶。

那年正值十九大召开，集美区图书馆组织"读《南侨回忆录》阅读征文"活动，既是对嘉庚精神的弘扬，更是发扬爱国主义的具体实践。翻开回忆录，扑面而来的依然是满满的激情和新意。《南侨回忆录》中第24至33章，详细写到厦门大学创建之初的艰难历程。如今，当美丽的厦门大学已成为一所综合性大学，并在今年成功迈入"双一流大学"时，大家更深深感恩于陈嘉庚先生当初的高瞻远瞩。

他具有"登泰山而小天下"的远大抱负。回忆录中关于厦门大学选址这样写道："校址问题及创办首要。校址当以厦门为最宜，而厦门地方尤以演武场附近山麓最佳，背山面海，坐北向南，风景秀美，地场广大。"创办之初，陈嘉庚先生不仅只是解决了当时教育缺乏，而是进行了长远规划。他在书中坚定预言："将来学生众多，大学地址必须广大，备以后之扩充。"也正是由于嘉庚先生当初对厦门大学从选址到规划、到设计的远景规划，厦门大学才有今天的辉煌和卓越。今日当你步入花园式的厦门大学，置身于嘉庚风格的建筑群中，无论你是学生还是游客，你都会深深感受到嘉庚精神的博大精深，你都会来到嘉庚先生雕像前，为他深深鞠上一躬。

他具有"路漫漫其修远兮，吾将上下而求索"的坚定信念。回忆录中又写道："认捐开办费一百万元，作两年开销，复认捐经常费三百万，作十二年支出，每年二十五万元。"嘉庚先生当初慷慨出资办学是先河，为国家兴旺和民族团结作出了不朽贡献。创办之初，为提升厦门大学办学规模，在自己全力资助之时，他还多次出面联系南洋富侨募捐资金。嘉庚先生曾与一位荷印富侨言道："凡人有诚意办公益事，当由近处作始。"后又托友询问，对方无此意向，第一次劝募失败。之后连续多次邀请富侨募捐，大都被婉言拒绝。屡次失败的劝募，并没有打退嘉庚先生办好厦门大学的信心。为度过办学最困难时期，书中记载："厦门厦大校业变卖十余万元，集通号向人息借二十余万元，此及极力维持两校之实在情形也。"先生一生经历过不少挫折，校舍毁于战火，企业遭受重创，资金周转困难，但他始终没有动摇过倾资兴学的理想和信念。为了厦门大学，他坚定地做出了"出卖大厦，维持厦大"的决定，可亲可敬！

他具有"鞠躬尽瘁、慈善一生"的奉献精神。回忆录中有记载"民廿五年买树胶园四百亩，成本十六万余元，拟作厦大基金，每月入息约二千元。"还写道："每念竭力兴学，期尽国民天职，不图经济竟蹶，为善不终，贻累政府，抱歉无似。"今天当你来到集美陈嘉庚纪念馆，有一处场景让你铭记在心，他真实再现了陈嘉庚先生光辉的一生：先生站立在办公桌前，凝神地望着窗外，透过他那炯炯有神的眼神和疲惫的身躯，我仿佛看到了一位老人拄着拐杖行走在祖国大江南北忙碌的身影，这不正是陈嘉庚先生鞠躬尽瘁、慈善一生的真情写照吗？

回望沐浴在晚霞中的美丽校园，当我再次捧起《南侨回忆录》这本书，走在校园那石板路上，我又看到那璀璨明亮的"嘉庚星"，在海的那边冉冉升起，好一幅如痴如醉的画卷！

初登小嶝岛

深秋，隔海相望的小嶝岛，犹如一座坚固的城堡矗立在海的中央，独显几分神奇与威武。海面平静如镜，风平浪静的时候，大海显得更加迷人，虽没有乘风破浪的阵势，但更有大家闺秀的矜持与美丽。借着落日的余晖，蓝色的大海波光粼粼，五颜六色，把远处的小岛点缀得相映成趣，恰到好处。

船平稳地靠上了码头，此时天已暗了下来，海岛没有了城市的霓虹闪烁和车水马龙，路边零星的几盏路灯，却把这夜色衬托得更加宁静。几家海鲜大排档错落有致地排列在路的两旁，店门口摆放着许多甘旨肥浓的海鲜，十分诱人！这里没有城里店家的吆喝叫卖声，大家随意落座一家，店老板便招呼着我们先喝杯热的功夫茶，除除深秋的凉意，谈笑风生，大家就像到了自己远方的亲戚家一样那么亲切。人都说："小嶝的海鲜肥又鲜"，于是大家迫不及待地你点一道我点一道，似乎想一次把这里的海鲜吃个遍，油煎螃蟹、清蒸鲈鱼、海蛎煎蛋、干锅紫菜……这时店老板跑过跟我们说："你们六七个人，不用点那么多的菜，到时肯定吃不完！"在老板的劝说和推荐下，我们精选了几道有特色的

153

菜，大家一边聊天一边细细地品尝每道菜，都夸老板为客人精打细算的淳朴经营之道！

品尝完美味离开酒家已是深夜，同行的人因为一天的疲劳都早早睡觉去了。窗外微风轻轻，我取出早就准备好的手电筒，随意披上一件外套便钻入这浓浓的夜色之中，沿路而行，我们来到了小嶝人防地道口，由于夜深不能进入其中，但通过地道口的简介，我仿佛又听到了那"隆隆"的炮声，看到了小嶝人们的英勇善战。平时惧怕黑暗的我，此时却忘却了这一切的存在，现在想想大概是因为小嶝人的淳朴民风让我变得更加勇敢和无畏！

忽然，一阵急促的脚步声打破了我凝视的思绪，脚步声变得越来越近，只见不远处一路忽明忽暗的灯光向我靠近，原来是讨海的人，我随着他们来到了海边，潮水已经退去，只见他们依次散开，头顶照灯、手持铲子、脚踏淤泥、胸有成竹地朝着各自既定的海域走去，顿时整个海滩上星星点点，十分的热闹，看着他们深一脚浅一脚，从淹过膝盖的淤泥中艰难地讨海的样子，他们的每一个动作定格在我的脑海里，渐渐地我的眼睛已慢慢变得模糊了起来。战争年代，小嶝岛涌现出了许许多多勇敢智慧的民兵英雄，他们不畏困难，用生命之光守护着祖国的万里海疆。和平时期，勤劳纯朴的小嶝人，在改革的大潮中，他们勇立潮头，发家致富，人民生活水平得到了很大的提高。这不正是勤劳的小嶝岛人民"永不言弃"的真实写照吗？

2 路车一路情

　　厦门 2 路公交车是全国"巾帼文明岗"，驾驶员是清一色的娘子军，乘客无不夸它服务好，名声享誉全国。

　　2005 年，我把家搬到了华侨博物院附近，这里属厦门老城区，老年人乘坐公交出行较多。又由于毗邻美丽的厦门大学、环岛路和千年古刹南普陀寺，路过的每一辆公交都是人满为患，十分拥挤。虽每天上班可乘公交车次较多，但 2 路公交的"奇遇"却一直珍藏在我的心中，让我难忘和感动。

　　一天早晨在站台候车上班，看着 2 路车缓缓驶来，还没等车门打开，急着上班和上学的人群，把公交车挤得满满的，我随着人群的队伍鱼贯而入，车上人特别多，但干净整洁、清凉的车厢让沸腾的车厢变得安静多了。正当我以为车要启动时，司机大姐却走下车，用她那十分娴熟而又显得十分自然的动作，把一位腿脚不太好的大妈扶上了车，并用委婉商量的语气，请车上乘客为大妈让个座。顿时，车厢里有座的乘客，都迅速从座位上站起来为大妈让座，拥挤的车厢中间立马为大妈让开了一条道，仿佛在迎接一位远道而来的客人，司机在下车门边为大妈找了个座位，并给全车乘客连声说"谢谢"后，才稳稳启动了车。

感恩每天遇到的美好，正当我在脑海里细细品味这份幸福和感动时，车子又缓慢地停在了没有设置红绿灯的斑马线前，司机大姐挥动着她的右手，示意马路两边的行人先通行，路过的行人微笑地纷纷竖起大拇指，为司机大姐点赞，这 2 路车真是一路走来一路情，不愧是全国"巾帼文明岗"。

几年后，外地的战友全家准备来厦门，来之前电话约定每天要开车把他送到景点，"有朋自远方来"，我不可推辞。来之后，却说不用我操心，原来他利用掌上公交查询功能，轻而易举就能查询到酒店到每个景点的出行公交情况，直呼厦门公交不仅票价便宜，出行也非常方便快捷。几天行程结束离开时，战友全家人直夸厦门不仅景色美，而且人更美，尤其是随同而来的老人，时时享受着让座的待遇，老人不停地说厦门公交好、厦门城市好。

厦门 2 路公交车只是厦门公交的一个缩影。在厦门，公交不仅成为市民、游客绿色出行的首选，而且公交的优质服务，已成为展示着城市文明、拉动城市发展的流动宣传车。

荒地变迁记

2011 年成功大道修建时，在我们小区门口不远处留下了几百平方米的荒地土堆，大家在赞叹成功大道通车拉近厦门岛南北距离之时，面对当时施工留下来的一片荒地土堆，我内心却在默默地嘀咕："这一片荒地土堆究竟何去何从呢？"

我满腹猜疑之时，一天早晨，荒地上突然来了许多穿着绿色马甲的园林绿化工人，他们扛着铁锹等笨重的工具，有的在清理土堆上散落的垃圾，还有的在清除地面上杂乱无章的杂草，有的把清理出来的杂草和垃圾正运到环卫车上，汗水湿透了他们的衣服，豆大的汗珠从他们额上不断冒出，他们忙碌的身影在清晨太阳的照耀下，是那么的耀眼而又高大。经过绿化工人几天的辛勤劳作，土堆上"长出"了浓荫如伞的大榕树、婀娜多姿的凤凰木、色彩绚丽的黄金榕，再配上参差不齐、错落有致的各类花草，荒芜的土堆"瞬间"变成了一座绿色的城垒。住在附近的市民，因为有了这绿色的屏障，原先从成功大道飞驰而过的汽车轰鸣声也变得安静了许多，绿色的植物屏障是城市生活天然的大氧吧，这绿化带也因此名副其实地成了我们小区的"入户花园"，附近生活的居民，生活也因此变得更加生机盎然。

从此家门口因为有了"入户花园"，生活也变得更加有情趣，早起上班路过这片树林，鸟儿在枝头叽叽喳喳地叫个不停，调皮的小松鼠在枝头上跳来跳去，美好的心情由此开始，我们因有了这片绿地和树林而知足常乐。2016年的夏天，园林部门为了让这片绿地能更好地为市民提供休憩、娱乐、健身的公共空间，以此不断改善和提高市民生活环境和生活质量，他们在征求广大市民意见的基础上，设计出了一套集休闲、娱乐与健身于一体的小公园。幽静浪漫的鹅卵石小路，幽雅淡淡的桂花飘香，受人青睐的健身器材，明亮整洁的园区格调，同时将具有历史韵味的"红领巾路"文化引入到公园之中，为市民打造了一座更加具有人文气息的公园。公园虽然面积小，但是却成为附近市民休闲活动的好场所，小孩子坐在彩色的塑胶场地上玩游戏，老人们在平地上跳起了欢快的广场舞，大家有说有笑，谈天说地拉家常，好一派和谐的邻里关系。

在厦门星罗棋布的公园中，家门口的这座小公园也许显得微不足道，但它却是厦门改革开放三十多年来，厦门园林绿化工作不忘初心，继续前进中的一个特写。纵观厦门岛内外，从美丽如画的环岛路，到素有"植物博物馆"之称的植物园，从南国风情的五缘湾湿地公园，到水上大观园的园博苑，处处美景如画，无不展现着园林建设者的辛勤劳动和丰功伟绩，无不崭露着园林绿化给市民带来的无限快乐与幸福。生活在这美如画卷的厦门，许多外地朋友来厦门旅游时都羡慕地跟我说："你们都是画中人。"

"小人书"的故事

读过不少书，但让我记忆最深的那本书，不是什么经典名著、名家手记，而是一本小小的连环画，大家喜欢叫它"小人书"。别看它小，但它却影响着我、激励着我，这本连环画的名字叫《方志敏》。

1981年我帮村里人放牛，一天2毛钱工钱，第一天挣到钱后，我用其中1角8分买下了这本连环画，这也是我自购的第一本书，在当时这是一件十分奢侈的事，全村小孩相互传阅着看。连环画共有126页，故事情节很简单，说的是优秀共产党员方志敏同志坚贞不屈，英勇抗日，组织农民运动和"工农武装割据"斗争的故事，讴歌了一名优秀共产党员的光辉历史。就是这样一本小小的连环画，却让我们那村里的孩子们懂得了"有国才有家"的道理，这也是我后来选择参军的原因之一。

入伍后，我们从温暖的南方城市，被分配在北方一偏僻的山沟里，方圆十多里无人烟，大家过着"白天兵看兵，晚上数星星"的日子。新兵入伍训练，除了要面对冬天零下二三十摄氏度的寒冷考验，还要面对高负荷的军事训练，个别战友产生畏难情绪，训练热情一落千丈。说实在话，一个刚离开学校、在家"饭来张口，衣来伸手"的学生娃，有这种念头也是难免的。这时《方志敏》连环画中，方志敏同志面对敌人，高举着戴着铁铐的右臂，大义凛然与敌人作斗争的画面又浮现在我的面前。无数革命前辈为了新中国，抛头颅、洒热血，而我们这点困难又算得了什么呢？大家暗暗发誓：一定要克服困难，争当一位合格的人民海军战士。

1998 年，广州珠江遭受史无前例的洪水，大堤告急，老百姓的生命财产随时会遭到洪水的侵袭，我们奉命前往，大堤危在旦夕，指挥员动员水性好的同志担任前线护堤大军，承担把运来的沙袋，利用自己身体下沉的方式送入水底的艰巨任务。江水汹涌湍急，唯一的保护措施就是一根细细的绳子，大家也意识到，如果大堤万一决堤，别说是一根绳子，就是一根钢缆也难以保住大家的性命。大家自告奋勇地报名加入前线护堤大军，说不怕是假的，毕竟人的生命只有一次，但是作为一名军人，在人民生命财产遇到危险时，必须要有一种忘我的牺牲精神。此时，方志敏同志那高大的身影又浮现在我的眼前。想不了那么多，我和许多战友都纵身跳入了滚滚的江水中，用自己的身躯与战友们一起保住了大堤和人民的生命财产。

2011 年我转业选择到集美区工作，集美区是"华侨旗帜，民族光辉"陈嘉庚先生的故里，有着许多优良传统和创新动力，陈嘉庚先生的精神在这片热土上已深深扎根发芽。陈嘉庚先生办学兴国，方志敏同志抗日救国，他们心里永远都装着祖国和人民，唯独没有自己，这不正是我们学习的榜样吗？工作中，当我们遇到困难时，当我们得到不理解时，当我们受到委屈时……我时刻都会想起连环画中方志敏那高大的形象来。一本"小人书"摆在书架上显得是那么微小，但它却永远激励着我不断前进，励志我一生。

▼

第五辑　今夜情思寄故乡

祖祠重建落成记

　　2022 年 1 月 15 日上午 10 时 18 分，故乡祖祠重建落成庆典正式开始，鞭炮齐鸣，锣鼓喧天，整个村庄成了欢乐的海洋。

　　走近村口，远远看去，一座弥漫着古色古香、青砖蓝瓦的高大门楼矗立在眼前，"义门世家"四个大字巍然镌刻在青石板匾额上，熠熠生辉高挂在门楼的正中央，映照着族亲勤劳拼搏，天下一家亲的团结精神。门楼拱门沿用外圆内方的造型，训诫族亲待人接物要宽容大度，做人做事要坚持原则的良好家风。

　　跨过门楼漫步前行，便可目睹新建祖祠焕然一新的全貌，外观灰白相间，江西传统建筑中高峻的"五岳朝天"马头墙在屋檐两侧最高处相互呼应，与现代建筑技术巧妙搭配，古今重逢，高档典雅。"真良家"与"文化活动中心"等大字牌匾高居于正门上方，历史的厚重感与新农村建设的宏伟蓝图融合在一起，蔚为独特大观。

　　祖祠中楹联丰富多样，或敬仰先辈，或激励后人，吸引众人驻足欣赏。正大门篆刻有"仕林望族继义门祖训，亳邑良家开庙前奎光"门联，石牌匾上刻有"天相公祠"；大厅正上方悬挂有

"紫薇驾临"木制牌匾，高大威武；祖祠栋树张贴"阳储峻岭延绵美景汇英才著千秋伟业，庙前先祖无量功德聚秀士护万代安康"的长对联；神龛两侧刻有"长荫

祖祠前门楼

祖德泽千秋福慧，湖润子孙惠万代安康"对联，祖祠中楹联篇篇锦绣，字字珠玑，巧妙地将村名"庙前村"、村后高山"杨储岭"和美名"真良家"等嵌入其中，人文、地理与历史气息浓厚，自然天成，韵味深长。

祖祠上下两层，中间留有四方天井，左右对称。一楼通亮宽敞，大厅足可容纳四五百人，茶水间、棋牌桌和音箱等设备齐全，正中舞台流光溢彩，端庄大方。沿左右两侧楼梯而上，大厅自上而下悬挂有一座水晶大吊灯，足有三四米高，整个大厅富丽堂皇、雍容华贵。二楼四周走道互通，是欣赏舞台表演的绝佳位置，正前方备有一间小会议室，供族亲商讨议事和学习使用。祖祠的每个设计都费尽心思，精雕细琢得恰到好处，功在千秋。舞台上大屏幕正播放着《今天是个好日子》，祖祠里外早已人山人海，操场上彩旗飘飘，张灯结彩，家亲们都围上了红围巾，到处喜气洋洋。

最先来参加庆典的是出嫁女儿队，她们穿着统一的红色旗袍，撑着红伞，或手举宣传牌，或挑着水果篮，或与长者相扶而行，足有上百人，一路乐队相伴，载歌载舞回娘家，队伍浩浩荡

荡几百米长。村里在村口搭起了彩门，用最高乡俗礼仪迎接女儿们回娘家，她们一个个踏着彩门欢喜而来，鞭炮一路响个不停，烟花直冲云霄，响彻整个山村的上空。大家亲眼见证着家族兴旺，国泰民安，自豪与骄傲洋溢在她们每个人的脸上。她们皆有备而来，数月前或在田间地头，或在街头巷尾排练节目，当日还为庆典奉献了一场精彩的演出，台上载歌载舞，台下欢歌笑语。

一家有喜百家欢。各陈氏宗亲代表前来庆贺场面更是一浪高过一浪，其中非常特别的是邻村宗亲"整猪扑杠"的传统民俗，前来庆贺的宗亲宰好一头肥肥的大白猪，披上红布，挂上红花，把它趴在架子上抬着前来，理事会成员和乡亲们在村口迎接，并隆重接过抬来的"整猪扑杠"和砺志牌匾，这种礼仪最隆重最热烈，人人惊叹不已。

庆典中的重头戏就是祖祠上梁，16日清晨吉时一到，祖祠里早就人山人海，水泄不通，远亲近邻都来看热闹。匠师们各就各位开始祭梁仪式，涨彩不可或缺，这边木匠师傅刚唱完，那边泥匠师傅又唱起来，你涨我喝，你歌我唱，此起彼伏。

上梁中兜宝粑环节最有仪式感，兜宝粑也称接宝，寓意吉祥如意。木匠师傅和泥匠师傅，分别从六根屋梁上方，用红头绳把宝粑从上方慢慢吊下，直至落入兜宝粑人的红布兜中。祖祠的兜宝粑更是千载难逢，赢得无数乡亲热捧。兜宝粑的乡亲在腰上系着大大的红布，稳稳当当地接中从梁上吊下来的宝粑，搏个好彩头。

接下来就是抛粑，师傅们又将家亲们手工做的两三千斤粟米馅米粑，从空中不同方向往下抛，米粑像金元宝一样砸了下来，外来的亲戚朋友或提着桶，或拿着塑料袋，更有甚者直接用头顶个大塑料盆接米粑，大家图的就是那份快乐。按传统习俗，抛粑的师傅也会专门留些下来，分给在场的老幼和捡的比较少的客人，让大家高兴而来，满意而归。至此上梁才算完美结束。

今天，当你走进宽敞明亮的祖祠，你不仅可以在这里传承优良家风、祭拜列祖列宗和祈祷国泰平安，而且你还可以在这里或天南地北谈天说地，或圆舞一曲，或高歌一首，一起描绘新时代的农村新画卷。

新年出天方

　　全村乡亲大年初一的第一件事，就是到祖堂里出天方，虔诚地把新年的第一炷香敬献给列祖列宗，期待着新的一年国泰民安，风调雨顺。

　　记忆中儿时的出天方，是全村男丁按照统一约定的时间，拿着家里年前就折好的纸钱和烛香到祖堂里祭拜，祖堂内有两个厅，村里人俗称为上厅和下厅，每个厅中各有一口天井，天井是祖厅里采光的主要窗口，同时下雨天四周雨水顺着瓦砾向屋中间流向天井，"肥水不流外人田"的说法大概来源于此。村里大小祭祀和结婚拜堂礼仪等重大活动一般都在上厅进行，上厅因此也显得更加庄重和神圣。随着村里人口的不断增多，狭小的上厅已经难以容下。于是，大家把祭拜完之后最隆重而又热烈的集中燃放鞭炮的仪式改到了下厅进行。最初乡亲出天方开始的时间没有规定，过了夜里十二点便陆陆续续有人前来，全家男丁一同前往，一个不少，即使睡觉的小孩，大人也要把他唤醒抱起来，因为这是纯朴乡亲们祈求国泰民安的乡俗，大家都准时参加，很少有人缺席。到了祖堂后，一家人先把纸钱和烛香点上，然后守在祖堂早已烧好的柴火边，大家一边烤着火，一边守着岁，一起分享着上一年的收获，盘算着新一年的打算。时间越近，祖堂也变得越来越热闹了，大家的热情像柴火一样，越烧越旺，红红火火。临近凌晨四五点的时候，公鸡开始打鸣之前，村里的头首（对村里每年轮流值班人员的俗称）便开始清点户数，左邻右舍互相数着还有谁没有来，那时没有电话，有的可能睡过了头，于是大家便分头派人去叫唤催促，后来有了手机，一个电话便把他们催着赶来。

等全村每家每户都到齐了，村里头首大声喊着："预备，放！"霎时间，整个祖堂内火光四射，浓烟滚滚，硝烟从祖堂的每扇门窗、每片砖瓦缝隙中努力地挤出来，祖堂边驻足观看的乡亲已经被这鞭炮的烟呛得喘不过气来，烟雾用尽全身力量向四周窜，笼罩着整着祖堂，弥漫着整个村庄，还有那一垄垄农田，一座座山脉。

鞭炮燃完之后，大家便有序进入祖堂，双手轻轻半握拳，十分自然地躬下腰，跟着头首一边附和着喊道"拜天""拜地"和"拜祖宗"，然后庄重地向天向地三鞠躬，以祈祷一年的平平安安。记得很小很小的时候，父亲抓住我的手，在家里先教我怎么去做，到了祖堂我便跟着大人有模有样地学着。等我也为人父时，我也手把手教会了我儿子这一礼仪。虽然儿子出生成长在厦门，对鞭炮略有几分胆怯，但儿子仍然会心诚敬意地完成这一套庄重而又入乡随俗的礼仪。

全村人在祖堂出完天方后，天边也有了一点点亮光，每家每户便开始了在自己家里出天方，习俗和村里出天方大致相同，整个晚上全村鞭炮声此起彼伏，烟花礼炮直冲云霄，热热闹闹，让人十分难忘。20世纪90年代末，村里的出天方改为不再按统一

169

时间集中燃放鞭炮，改为各自到祖堂出天方，原先那种约定俗成出天方的场面，已消失了很多年。2022 年新祖堂竣工落成，经族亲商量又重新恢复原先统一出天方的习俗，往日淳朴的乡俗又回来了，我们仿佛又回到了童年，乡亲们欢呼雀跃、拍手叫好。

初一吃谱酒

　　新年来临，大年初一吃谱酒，在村里可谓是一年里最热闹的事儿，全村老少爷们，在祖堂里摆上几十桌酒席，一起庆贺新年的开始。

　　每年春节，村里外出的乡亲都会想方设法春节回家过年吃谱酒。如果有人没能回家过年，村里照常会给未能参加的家人安排一个席位，并在席位上搭上一条红手巾，想念在外的游子。酒席开始时，先由村里德高望重的长辈致新年贺词，有时碰到会喝彩的长辈，还会来几句喝彩，一呦一喝，来回拉锯式的互动，整个祖堂热闹非凡。热腾腾的美味佳肴家乡菜，冒着热气端上桌来，春天的寒气一冲而散，大家边吃边唠着家常，全村人就像一个大家庭，其乐融融。长年在外的生意人，还会借此机会互相切磋赚钱的门道，大家互相取经。为了热闹，村里的舞狮队还现场表演舞狮等杂技，更有不服老的长者跟年轻的后生玩起了舞狮、划拳等乡间杂技游戏。许多"少小离家老大回"的远道客人，满头白发却精神抖擞地谈天说地，那熟悉的乡音拉近了老小与远近的距离，他们仿佛又回到了儿时玩耍的年代，又仿佛回到了中年拼搏的时代。我们晚辈在一旁洗耳恭听，分享着他们的感动和快乐。临近尾声，会喝酒的不约而同地拼成两三桌，他们一个个喝得面红耳赤，酒过三巡，他们却没有一点要结束的意思。他们有说不完的话，喝不完的酒。祖堂内的炉火烧得旺旺的，烘得全身暖暖的，预示着新年的兴旺发达，人畜兴旺。

祖堂外不时响起爆竹声，空旷的场地上已成了小孩的乐园，有的在放鞭炮，有的在放烟花，还有的在分享着除夕收到压岁钱的喜悦。小时候农村还相对比较穷，小孩的压岁钱也只有三五角，而且大部分也只是放在身上保管几天而已，正月过后，都要交还给父母，用来交新学期的报名费。如今农村也过上了城里人一样的富裕生活，压岁钱也就顺理成章地成了小孩的零花钱，真羡慕在新时代成长的儿童，幸福满满。

我入伍后大概有很多年都没能回家过春节，自然吃不上村里的谱酒，那时父亲都在我的座位上搭上一条红手巾，父亲每次搭红手巾时，心里都盼望着我来年能回家，与家人一起到祖堂吃谱酒，其实更多的是想着与我团聚。

据村里长者说，过年吃谱酒已有几百年的历史，中央电视台还对家族的民风民俗进行过采访报道。这就是我的家乡，苏轼笔下的"鄱阳湖上都昌县，灯火楼来一万家。水隔南山人不渡，东风吹老碧桃花"的都昌县，我们村也因一座庙而得名为庙前村。

元宵节舞狮

　　村里元宵舞狮的传统流传很久，乡亲中会舞狮的人很多，但是舞得生龙活虎的倒是不多。我第一次见到舞狮，应该是在二十世纪八十年代初，那年村里请来了很多的匠人，大家聚集在村里的祠堂里，用竹子、棉麻和彩布制作狮子，经过匠人师傅近一个多月的精心打造，一头炯炯有神、威风凛凛的狮子便出现了，这是我第一次见舞狮。当天全村男女老少像赶集似的，都不约而同跑到祠堂里，宽大的祠堂被挤得水泄不通，大堂正中间端坐着一头雄狮，大家拭目以待地期待着舞狮的开始。

　　突然间，祠堂里外鞭炮齐鸣，锣鼓喧天，舞狮活动正式开始，首先由村里两位舞狮高手上场为大家进行表演，两位舞狮前辈训练有素地带上舞狮道具，一前一后，一高一低，刚才还只是道具的狮子，顿时变得活灵活现，两位舞狮者先是摇动着狮首和尾巴，连蹦带跳地绕场一周，不停地向前来观看的乡亲示好，惹得乡亲们阵阵掌声。随着锣鼓声不断加急，雄狮变得更加威武，整个鬃毛都被舞得竖起来了，十分霸气。正当大家沉醉其中之时，只听到舞狮者大吼一声，左脚重重一拍地，雄狮就地翻滚一圈，紧接着又来了个金鸡独立和海底捞月，乡亲们看得目不转睛，生怕错过每一个表演的动作，斗得乡亲们哈哈大笑。

俗话说得好，压轴的都是好戏，舞狮也不例外，最激动最刺激的舞狮自然属狮气冲天，表演者在场地中央叠加摆起了两张四方八仙桌，又在桌子上架起了椅子和板凳，足有数米高，两位舞狮者要通过互相配合才能够攀爬上最高点，面对如此险要的道具，就是让我们徒手爬上去都很难，更别说是舞着狮子攀登上去。正当我想着怎么上去时，只见两位舞狮者时而张望，时而静待，忽然间只见后面舞狮者双手举起前面舞狮者，双脚一跃，狮子前脚已落在了第一层桌子，紧接着顺势把后面两脚带上了桌子上，顺利完成了第一次的飞跃。锣鼓声一浪高过一浪，经过数次跃起，舞狮者已顺利达到了顶峰，全场掌声热烈响起，这次舞狮是我见过最完美的一次，至今难忘。

后来听村里人说，村里舞狮舞得最好的是二长辈，我没有见过这位老人，但他舞狮的功夫远近闻名，据说二长辈年轻时，曾经带着村里的舞狮队走遍十里八村，每到一个地方都受到了当地乡亲的热烈欢迎，但是有一次在表演时被外村人故意刁难，他们把数桌八仙桌叠在一起，足有十来米高，那时舞狮不仅要表演，还要派一人手持红缨枪，引导着舞狮表演。面对如此高难度的表演，二长辈与表演的同伴没有畏惧，而是凭着自己过硬的功夫，一层一层向上攀爬，台下掌声一阵高过一阵，纷纷为舞狮喝彩。可是就在这时，由于表演难度高，体力消耗大，舞狮领舞一不小心，红缨枪直接刺到了舞狮狮首二长辈的腿上，顿时鲜血直流，大家都猜想舞狮肯定会停止，可是二长辈像没发生事一样，毅然向顶层桌子冲去，鲜血顺着道具滴到地上，二长辈硬是顶着疼痛完成了这次表演，受到了所有观众的欢呼。后来村里人都常说道："二长辈头上一道沟"，说的就是二长辈他这次带领大家舞狮的故事。

　　每年元宵村里传统的舞狮活动仍旧进行，只有寥寥数人乐在其中，往日的热闹场面已难以找回，大概是城市化冲淡了过往，真想把它逐个找回。

端午赛龙舟

　　老家的端午节，留在我童年的记忆中，它并不是一个祭祀的节日，而是一个小孩子有吃有玩还有好衣服穿的幸福日子，这完全缘起家乡的一种风俗。

　　端午当天，村里家家户户热热闹闹，早早地就为这节日做足了准备，虽然有许多讲究，但对于我们小孩来说，最深的记忆还是吃。天还没亮，村里人就开始忙着包粽子、蒸大蒜、煮咸蛋，这三样乡俗，包粽子的做法，全国人民都一样，是为了纪念伟大的爱国主义诗人屈原，这我小时候就知道。可是把整个未掰开的蒜头放在蒸笼上蒸，然后一个一个掰着吃的做法，却很少见。同时每家每户还要煮许多的鸡蛋鸭蛋。除了吃之外，大人们还要亲手为小孩编制小网兜，网兜用彩绳编制而成，五颜六色十分美观，之后把煮熟的蛋装进这小网兜里，再挂在小孩的脖子上，网兜的样式和蛋的数量，是一个家庭富裕的象征，当天除了吃够以外，大人们都尽可能地为小孩挂上足够多的蛋。端午节只要你在村子里随便走一走，你都能看到脖子上挂着蛋的小孩，他们一个个高兴得活蹦乱跳，十分开心。记得有一次我的一位邻居，端午节当天早餐竟然吃了二十多个鸡蛋，如今说来大家都觉得不信和可笑，只有生活在那个年代的人才懂。

端午节第二大快乐的事就属逛大街和穿新衣，吃过早饭大人小孩都会穿着漂亮的新衣服去逛新桥街，男女老少都会把自己打扮得漂漂亮亮的。记得最清楚的就是，我家院子里的那棵栀子花树，每年都会在端午前开得最艳，村里许多乡亲都会跟我妈妈要上一两朵戴在头上，十分耀眼而且散发着阵阵香味。

不到半上午，整个新桥街上人山人海，几家小店里面更是挤满了人。那时父亲在供销社工作，我总是喜欢坐在柜台里面的布匹上，看着南来北往的人们在街上赶来赶去，村里许多的小朋友都非常羡慕我能坐在柜台里，我也感到非常的神气。来店里买东西的人也是络绎不绝，端午当天老家有一种风俗，不仅男青年要带着未婚妻买布裁新衣，就是嫁出去的女儿也要给娘家的父母兄弟送礼。那时的衣服都是买布请师傅进门做的，店里的生意非常好。

也许有人要问，端午没有赛龙舟吗？当然有。要想看赛龙舟，还要到七八里路外的汪墩河里才能看到，因为路远，加上父母亲的担心，好几次我跟着长长的队伍往划龙舟的地方跑去，想看上一回赛龙舟，但是没见父母答应，我们又总是伤心地回来了，我和弟弟妹妹从来没有去看过，心中对龙舟赛的那份期盼，直到二十多年后，才如愿在厦门集美龙舟池见到划龙舟的场面。此时虽然没有了儿时的兴奋劲，但也算圆了儿时的一个梦吧！

中秋烧塔窑

　　月圆中秋夜，心思故乡情。童年时的中秋，小伙伴们总是早早地相约来到村里大池塘边的空田地，利用田埂堤岸的地势位置，挖开一个洞，再用田里的泥巴，慢慢堆成一个塔状的土窑，乡亲们都叫它塔窑。中秋人多的时候，大家堆得塔窑一个比一个大，一个比一个威武，许多小伙伴看到自己堆得不如别人，总是暗下决心，明年一定要堆一个比他们还大的塔窑来。

　　塔窑堆砌之后，大家便捡来些干树枝，把它折成一小段一小段，这样烧起来窑火会越烧越旺，大家的兴奋劲也自然高涨起来。塔窑烤地瓜可是儿时的美味，好吃的伙伴会从家里带来几个地瓜，用泥巴把地瓜包裹得严严的，再放在火上烤，这样烤出来的地瓜，不仅香味四溢，而且色彩好看，没有半点烧焦的样子，是如今城里孩子享受不到的风味。

　　塔窑一般建在村东头大水塘的空田地上，窑火从早烧到晚，那时村里有一种传统，就是一边烧着窑火，一边向邻姓村里喊着挑战的话，邻村小伙伴也会同样搭起塔窑，烧起窑火，喊着口号，好一番越斗越热闹的场面。烧塔窑是小孩中秋节的重头戏，从清晨早早起床到月过树梢，大部分孩子都是守在塔窑旁，仿佛守住了塔窑，就守住了村庄，也就守住了欢快的童年。大家从烧得旺旺的窑火里，寻找到了童年的快乐，燃烧出了理想与希望。孩子的心思大人读得懂，大人们也很少干涉我们孩子们的天真，每年中秋我们都玩得忘乎所以，直到月挂天顶时，大家才带着喊得嘶哑的嗓子回到家里。

记得有一次，我们中的一个小伙伴，竟然拿着火柴跑到人家村口把人家的禾秆堆点了一把火，看着直窜而起的浓浓大烟，大家顾不了自己窑里的地瓜是否烤煳烧焦，一溜烟跑了个精光。不一会儿，邻村就有人找上门来，我们一个个被家人揪到池塘的空地上兴师问罪，点火的家伙最终难逃"法网"，被家人狠狠地揍了一顿，还赔了人家的损失，那年中秋十分难忘。

还有一年中秋，为了弄些干柴火烧塔窑，我和几个胆大的小孩，看到池塘边的一棵树上有一个大大的喜鹊窝，这窝可是由喜鹊用嘴辛辛苦苦叼来无数干树枝搭建起来的，那干树枝可是上等的烧窑柴火。我们几个顺着树杆爬向鸟窝，不慎一脚踩空，我从三四米高的树上直接掉入池塘水中，真正成了个"落汤鸡"，还好会游泳（那时村里的小孩到了三四岁，就基本自己偷偷地学会了游泳）没有大碍，自己狼狈不堪地爬上岸跑回家，父母没多责怪，叮嘱我几句，我换上衣服跑到窑边和大家继续玩，直到深夜才回家。

十五的月亮十六圆，家乡的小伙伴们也不知道有没有再烧塔窑，真想有一天，再回到我那小山村垒个塔窑烧上一回。

今夜思故乡

又是一年元宵节，在我的记忆里，应该有很多年没在老家过元宵了，即使有时春节回家，也总是元宵节前匆匆返程。

老家有着"除夕夜里的火，元宵晚上的灯"的传统，因此过元宵俗称过灯。元宵晚上，每家每户都会点亮家里所有的灯。小时候，老家还没有通上电，天黑之前，父母就会督促我把每个房间的煤油灯都点亮，直到第二天早上才把它熄灭。元宵吃过晚饭，村里人就打着自己扎的龙灯，排着长长的队伍，男女老少在村里闹龙灯，直到深夜才依依不舍结束。小时候父亲在外地上班，我家的龙灯很少是自己扎，一般都是父亲从城里买来的，十二生肖都有买过，花样很多，形状也是五花八门，圆的方的，五角的六角的，因此每次我打的龙灯都显得与众不同，格外耀眼。父亲有时也会多买几个回来，送给左邻右舍的小孩子，大家都乐开了花。

十八岁入伍之前，我都未曾离开过我那小村子，村里人讲的都是都昌家乡话，外地人都听不懂。村前有两条小溪绕村而过，四季溪水常流不止，水中鱼虾成群，这也是我们夏天戏水的好地方。村后有一座高高的杨储岭山，延绵起伏，一条山路从村后崎岖不平地通向山顶，春天满山茶叶飘香，沁人肺腑；夏天杜鹃红遍山冈，姹紫嫣红；秋天野果挂满枝头，桃李满园；冬天漫山遍野白雪皑皑，银装素裹，一年四季美景不断，山里的孩子把快乐都藏在了大山深处，大山成了我们最好的朋友。

老家的山没有华丽的修饰，高高的一座大山，没有任何亭台楼阁，小桥流水，更没有了文人墨客的豪杰抒怀。悠闲时置身在山中的任何一角，你除了能体会到山的气息外，你更能体会到与山融为一体的那份亲切，那感受是那样的自然与坦荡，那坦荡是那样的真实与纯朴，一切都那么自然，没有谁特别刻意去故作，也没有谁特别刻意去修饰，山的样子、山的性格、山的风度、山的故事，坦坦荡荡遍布整个山冈。

我喜欢老家的宁静，它地处鄱阳湖畔，天气晴朗时，驻足远眺就能清楚地看到鄱阳湖对面的庐山，有"飞流直下三千尺"的豪迈，更有"日照香炉生紫烟"的静谧之美。静得憨甜，静得让你能听见雾水飘落打在树叶上的声音，静得让你夜晚能听见自己呼吸的声音，静得让你能听到儿时自己的琅琅读书声，静得让你能听到母亲穿针引线的声音，它是那么熟悉，又是那么让人渴望与思念。

我喜欢老家的乡音，出口就是满腔地道的方言，见面问候一句"你恰（'恰'方言'吃'的意思）了吗？"外来的朋友一句都听不懂，喜怒哀乐都表现在自己的脸上，开心时腼腆的小姑娘也会发出爆笑，毫不掩饰。发怒时那横眉冷对千夫指的气场也会嗷嗷大叫。吵归吵，闹归闹，但遇到困难时，他们会毫不保留地相互帮助，他们心里懂得，以山为界，他们走得再远还是一家人，他们彼此间的默契，是血浓于水的情谊，亲切又让人牵挂。

蓦然回首时，故乡在他乡。突然想起唐代高适《除夜作》的诗句："旅馆寒灯独不眠，客心何事转凄然。故乡今夜思千里，霜鬓明朝又一年。"故乡他乡共赏一轮明月，老家的亲人何不也与我一样，彼此心心念念。

糯米粑的味道

　　走在厦门的大街小巷，看到那诱人的麻糍，一定会让你垂涎欲滴。在我的老家江西，有一种小吃糯米粑，与厦门的麻糍大致相同，但做法却更讲究。

　　从糯米水稻的栽种开始，乡亲们就会找出一块土地肥沃、灌溉方便的田地，为的是能够收获上等的糯米。糯米收成之后，母亲先用甘甜清爽的井水把它泡上一个晚上，让糯米稍微发胀，再用石磨把米磨成浆。磨浆需要两人配合，一人推磨属体力活，一般由父亲担当；一人舀米属技术活，由母亲做。小时候，我和弟弟妹妹总是坐在离磨最近的地方，看着父亲弯着腰、躬着背，吃力地推着那重重的石磨不停地转，而母亲总能恰到好处地利用磨柄转过的时机，把糯米快速准确地舀入磨眼中，父母配合十分默契。就这样一圈又一圈，在石磨的"叽叽呀呀"声和父亲的喘气声中，米浆顺着磨槽缓缓流入容器之中，洁白洁白的，就像婴儿的皮肤一样滋润水灵。之后母亲把米浆倒入一块大大的细纱布中，让它慢慢滤去水分。数小时后，米浆就变成了粉粉的块状，再把它掰成一小块一小块，放在篾器里让太阳晒成糯米粉。

　　糯米粑有两种吃法，一种是水煮蘸糖吃法：用水把糯米粉揉成粉团，放入正在煮沸的米汤中，经过一段时间，熟透的糯米粑就会一个个七上八下、争先恐后地浮出汤面，用勺舀出来蘸上糖和芝麻粉，轻轻吹几下便急不可待地送入口中，味道酷似厦门的麻糍。另一种是油煎葱花法：把揉好的糯米粉与葱花搓成团，放在油锅里用温火慢慢煎炸，顿时满屋子葱香味扑鼻而来，味蕾立刻活跃起来，口水淹没了整个舌头，我们兄妹便狼吞虎咽地吃了一个又一个，直到把肚皮撑得圆圆的才停下，这样的日子为数不多但记忆很深。

　　后来才知道，由于糯米粑吃完之后不容易饿，因此每逢农忙季节或干重体力活时，母亲就会把晒干的糯米粉做成糯米粑煮给父亲吃，好让父亲干活时少挨饿。现在条件虽然好了，乡亲们再也不用靠糯米粑来填饱肚子干农活，但老家制作糯米粑的传统习俗还保留着，并成为家乡小镇有名的一道小吃。

　　如今每次回到老家，父母依然会为我做上一回糯米粑，虽然城里像糯米粑一样的麻糍到处都有，但怎么也没有老家那糯米粑味道鲜美，再美不过家乡味，那味道何其能比呢？

老街的清汤

在我的记忆里，故乡的老街一直深藏着我童年的美好回忆，特别是老街西头的小吃清汤，那美味让我永远也忘不了。

老街的清汤，其实有点像北方的馄饨、厦门的扁食，但其制作工艺更讲究。制作清汤用的面粉，是用本地农民收获的小麦经过石磨的层层碾压而成，颜色略显浅黄但香味纯正。做清汤内用的馅料，一般以韭菜、芹菜、大白菜和猪肉为主，配上老家深山里采摘的野山菇绞碎搅拌而成。猪肉的选用十分重要，肥了让你一吃就腻，瘦了让你顿感无味，多了会让清汤失去淡淡的蔬菜味，因此一般选用上等的五花肉。

小时候，每次放学回家的路上，远远就能看到飘着热气的清汤铺，闻到飘来的清汤香味，偶尔嘴馋的时候，就会掏出一角五分钱买上一碗，坐在店铺里的四方桌旁，伴随着大人们你一句我一句的唠嗑声，狼吞虎咽地把一碗清汤吃得干干净净。清汤是现做现煮的，小小的一团面，经过师傅的几圈转动，就成了薄如纸的清汤皮，再填上调制好的各式馅料，轻轻一压，一个个皮薄馅饱的清汤便从师傅的手掌心里捏制出来。随后放入滚烫的水中，煮上三五分钟，捞出后放在备好小葱、麻油和油盐味精的大碗中，就见清汤一个个晶莹剔透，像工艺品一样精致诱人。夹上一个，放在嘴边吹拂几下，放入口中，那滋味让你回味无穷。有的食客喜欢在汤中撒些胡椒粉，味蕾立马变得躁动起来，那汤更别有一番风味。

清汤铺摆在老街的小车站旁，冬天天寒地冻，许多等车的乘客被冻得缩手缩脚，店里师傅总是把炉火烧得旺旺的，供大家烤烤身子，有时还给老者和小孩免费递上一碗汤水，虽没有清汤，但那撒有小葱和香油的汤水，在那个年代那个冬天喝上一小碗，心窝里都是暖烘烘的，我小时候没有少享受过店主的恩赐，店主的慷慨和给予，至今想起来都十分感恩。

有一种味道叫乡愁，每逢踏上故乡时，我依然会去老街的清汤铺叫上一碗，吃完一碗再添一碗。我的此举，与其说是对老街清汤的挂念，不如说是对故乡的思念与怀想。

故乡的板桥

村子西头的小溪上，有一座独木桥，乡亲们都叫它"板桥"。这板桥是什么时候建成的？我不知道。打我记事起，这板桥就有。如今它已经改建成一座水泥桥，但它原来的样子，我仍然记得非常清楚。

板桥是乡亲们把一棵碗口粗的大树，从中间平整锯开，稍加拼接加工而成。板桥虽然不是通往对岸的唯一通道，但它却是最近的一条路。桥有十几米长，不足半米宽。小孩从上面走过，板桥纹丝不动，大人经过，板桥就会晃动起来。特别是乡亲们挑着满满的谷物和粪水从桥上经过时，板桥就晃动得更加厉害，不时发出"咯吱咯吱"的声音，就像杂技演员表演杂技一样，真叫人担心它会随时塌下去。

令人出奇的是，村里一些老农夫，竟能够推着单轮土车在桥上来回。他们推着车，车子像在铁轨上行驶的火车一样，悠闲自得，不偏离地驶在板桥的正中间。久而久之，桥面被车轮压出一道深深的沟槽，给板桥平添了几分沧桑。那道沟槽就像父亲额头上那道深深的皱纹，叫人心痛。

村后大山杨储岭资源丰富，山上的泉水源源不断地沿着小溪顺流而下，拍打着桥墩流经板桥，在板桥的下面形成一个深深的水潭，潭水轻缓而舒展，清澈见底，一道道螺旋式的水波，向四周不断散开，水趣盎然。夏天到了，清凉的潭水，成了村子里小孩戏水的好地方。傍晚时分，成群结队的小伙伴就不约而同地来到潭水中洗澡纳凉，我的"狗刨式"游泳动作就是在这里学会的。

板桥岸边长着一棵刚柔相济的柳树，树干伸到小溪之上，无数嫩绿的柳枝垂落在水面上，随风起舞，犹如村里姑娘的腰一样迷人多姿。那时，调皮的我们，总喜欢爬上那棵柳树，然后纵身一跃，跳入潭水中。虽没有跳水运动员那优美的姿势，却能赢得阵阵掌声。小时候，我经常骑在父亲的肩头上，做着骑马的游戏，那柳树就像父亲的肩膀，承载着我童年太多的快乐与天真。

秋天到了，溪水瘦成了涓涓细流。站在板桥上，可以看见潭水中成群的鱼儿游来游去。我们总是邀上几个要好的伙伴，拿着铁锹和勺子，在溪水的上游，用石头和泥巴，筑起一道长长的堤坝，再用勺子把潭里的水一点一点舀出来。水越来越少，惊慌的鱼儿在水中上蹿下跳，有的甚至蹦到岸边。我们每次都能收获满满，把抓到的鱼虾，分成若干份，用传统而公平的抓阄方式，每人挑选一份带回家。

那年大洪水，古老的板桥被水冲走了，乡亲来来往往只能在水浅时蹚水而过，水深时绕道而行。昔日不起眼的板桥忽然让大家念想起来。为往来方便，乡亲们在上面建起了一座宽宽的水泥桥，那棵古老的弯脖子柳树依然在默默地守候在桥的那头，相依为命，共同守望。

城里镇巴佬

　　我们村有一部分人很早就离开村子，跑到离家两三百里的瓷都景德镇打工，干的基本是跟瓷器有关的活，文化高的就学点技术，文化低的就只能在城里干些苦力活，比如拉板车、烧窑等。虽然又脏又累，但由于当时景德镇瓷器名扬四海，每家瓷厂效益都非常好，挣的钱比村里乡亲多得多。后来他们便在城里安家落户，成了真正的城里人。时间一长，这部分连乡音都变了，讲的是一口流利的景德镇话。景德镇话在称呼他人时，为了表示对他人的尊敬，总是带个"佬"字。因此，大家就称城里的乡亲们为"镇巴佬"，也就是城里人的意思。时间长了，"镇巴佬"就成了他们城里人的共同名字，而"乡巴佬"就成了我们农村乡亲的代名词。

　　我对镇巴佬记忆之深，并不是因为他们的名字来得特别，而是每年他们到乡下过年的情景，让我念念不忘。春节前几天，城里的镇巴佬就陆陆续续下乡过年，他们不仅穿着时髦，而且携带着许多乡亲们没见过的稀奇东西下乡，讲着一口流利的景德镇话，让人一听就知道是城里人，很是羡慕。我对"衣锦返乡"一词最初浅的理解，及幻想着有一天也能进城生活的念头，应该都来源于此。这些镇巴佬回村过年，衣着和谈吐上格外特别，他们在与乡亲们的交往中，依然保持着村里乡亲的纯朴和热情，见面的镇巴佬总是快人一步递上高档的香烟，村里人总是客气道："这么好的烟，我们抽得浪费。"话语间流露出对镇巴佬的羡慕与敬意。

记得有一次，一位小镇巴佬拿着一个纸筒一样的玩具，吸引着村里一群乡巴佬围着看，观看的人直呼里面可以看到天上五颜六色的星星，甚至还说能看到那天上的星星在一闪一闪的，说得十分神奇玄乎。围在旁边等着观看的小孩，一个个瞪着大大的眼睛，排着队轮番抢着看。突然，正在观看的小孩一不小心把它摔在了地上，玻璃碎了一地。我们盼望看看内面大千世界的心愿，也随之被摔破灭了，那份没看到的沮丧心情，难过的就差眼泪没掉出来。后来才知道这洋玩具，其实就是一个简单的万花筒。打碎万花筒的小孩，怕赔不起吓得一整天不敢回家，硬是躲在村里草垛睡了一个晚上。后来村里有一个小伙伴，凭借自己的聪明才智，利用两片玻璃和一个圆纸筒，在两片玻璃间撒些五颜六色的小纸屑，一个简易万花筒便模仿制作而成，大家乐开了花。一时间村里小孩人均一个万花筒，那一只只五彩的万花筒，摇出了童年的快乐。

贺知章在《回乡偶书》写道："少小离家老大回，乡音未改鬓毛衰。"也许由于生活，镇巴佬没有了诗中长者对乡音的执着，但他们对故乡魂牵梦萦、梦呓乡语的思念之情，犹如诗人王维所道："君自故乡来，应知故乡事。来日绮窗前，寒梅著花未？"时间越长，镇巴佬对故乡的思念与牵挂也越来越深。

石船的传说

老家杨储岭有一个神奇的传说，在很久很久以前，村庄后的杨储岭山高路陡与天宫连接，附近百姓顺着山路攀登就可以登上天宫，许多的百姓经常往来于天地之间，一些放牛的牧童，也会偷偷去天上放牛。相传那时在杨储岭山间，有一座古老的寺庙，庙里住着一个德高望重的老和尚和一个小和尚，某一天老和尚要去天宫，临出门前告诫在家的小和尚，在家好好看好门念好经，不要闲着没事胡思乱想。老和尚刚走前两三天，小和尚还是比较听话，乖乖在庙里念经。几天过后，枯燥无味的生活让小和尚萌生了想放松的想法，本来小和尚是计划下一趟山，但又担心老和尚回来发现会挨骂，于是决定在山上找点好玩的事做做。他来到寺庙后的山崖上，一块外形有点像船的石头引起了他的注意，他决定要把这块大石头打造成一座石船。小和尚找来一把工具，开始了他石船的创作，他完全忘记了老和尚临走时说的话，全神贯注地投入到石船的创作中。白天晚上连着干，不到十来天时间，石船初拙成形。看着眼前这艘石船，他左看看右看看，感觉很有成就感，但是又感觉少了点什么。突然一个奇思妙想，如果再给

191

这艘船配上个舵，那不是更加完美吗？正当小和尚计划完成他的完美之作时，在天宫的老和尚微微觉察到小和尚可能会犯下大事，便决定提前返回。当他到达寺庙时，眼前的一切让他雷霆大发，他一掌击倒正在精心创作的小和尚。小和尚不知自己犯了什么错，感到莫名其妙。后来人说，如果石船当时连舵都精雕而成的话，必将招来洪水，幸好由于缺个船舵，没能招来洪水之灾。

从那以后，杨储岭山下十里八村的乡亲都联合起来，拒绝姓"舵"的人来到当地，并传说如果有姓"舵"的来了，一定会引发水灾。老百姓经常去天宫的事，引起了天宫神仙们的反感。一怒之下，神仙一挥手，将直入云霄的杨储岭山峰削得只剩下当前的高度，但是它还是全县城数一数二高的山。这个关于石船的故事，今天仍然在民间广为传说，十里八村的乡亲们也在用勤劳与善良真诚地祈祷着天下太平，国泰民安。

我从小就经常到这座山上砍柴放牛，村里许多长辈都说见过这石船。小时候我也和很多小伙伴一起去找过这石船，但是大家还是没有见过这石船。后来几次与家人沿着村里老人指点的方位，专门到杨储岭山上去找那石船，我们翻遍整个山岭，都没有发现那艘神奇的石船。如今山上荆棘丛生，山间小路已无法行走，去找石船的人就越来越少，传说中的石船已渐渐消失在

杨储岭

人们的视线中。

　　传说终归是传说，多少年过去了，究竟那石船有没有，或者在哪都已经不重要，因为在每位乡亲们的心中，都有一艘祈求平安的石船。乡亲们上山找寻石船，更多的也是在寻找那份平安和幸福，盼望着大家都过上好日子。

一人涨彩众人欢

老家有一种习俗叫涨彩，因地域不同，涨彩的叫法也略有差异，江西婺源称"叫彩"，江西丰城称"喝彩"，还有的地方称为"掌彩""唱彩"。每逢有房屋上梁、满月周岁、炉灶起火、安床铺床、金榜题名等喜事，涨彩这好兆头的戏必然登场，场面隆重热闹，至今仍在民间广泛沿袭。

涨彩常以呼唤鲁班徒弟"伏以"名字的同音"福也"或"喂"字开始，领头者一人涨彩，众人呼赞词"好啊"加以应和，一边涨彩一边燃放烟花爆竹，十分喜庆。

小时候最爱去的就是安床铺床，当天主人会邀请很多小朋友参加，每位前来参加的小朋友都有一包甜甜蜜蜜的糖果，还可以吃上一碗寓意早生贵子的红枣煮鸡蛋的点心，很诱惑人。木匠师傅常常涨彩道：安床铺床，喜气洋洋，我来安床，说个明堂，男婚女嫁，配成鸳鸯，一安鸳鸯戏水，二安龙凤呈祥，三安鱼水合欢，四安恩爱情长，五安早生贵子，六安儿孙满堂，七安百年好合，八安地久天长，九安家庭和美，十安前途辉煌。今天我来铺床，明年添个状元郎，花生枣子都上床，争取明年就当娘，铺床铺得，富贵吉祥；铺床铺得，儿孙满堂。

从小到大看得最多的就是房屋上梁的涨彩，最讲究也最隆重。以前房屋都是以木头作为支柱和框架，最上面横着的那根木头称为房屋的梁，良辰吉日上梁时，主人会宴请亲戚朋友一起见证这重要时刻，并借此感谢建造匠人师傅的辛苦付出。

上梁前，房屋主人将准备好的猪头、鱼、鸡等祭品摆在供桌上，点上纸和香烛后，泥瓦匠和木匠师傅便轮流涨彩。彩词很多，多以师傅带徒弟的形式相传至今。比如上梁时的祭梁彩词：伏以，手接东家一把壶，黄金万两靠得住，上面造起龙凤狮子盖，下面造起莲花托酒盘。我今将酒祭五主，一祭个梁头，万里诸侯；二祭个梁尾，添财带喜；三祭个梁腰，玉带飘飘；四祭个梁肚，金银满库；五祭中心太极图，太极图上生彭子；天官赐福，荣华富贵。这种涨彩千篇一律，匠人们都记得滚瓜烂熟。也有的师傅会在现场应景涨彩，那场面更受欢迎。

上梁仪式中抛粑的过程也是惊心动魄，主人要准备一些糖果和米粑，泥匠和木匠师傅在上梁时，把它抛给前来参加上梁的亲戚朋友，边抛边喊着：伏以，天地大喜，天有四角，地有四方，一彩抛个东，贺喜东家出相公；二彩抛个南，贺喜东家出状元；三彩抛个西，贺喜东家穿朝衣；四彩抛个北，贺喜东家坐衙门，掌管文武百官权。记得小时候，只要知道村里有人上梁，我们小朋友都会守着等抛粑，想多捡些米粑回家，第二天早晨有粑吃。有的时候房屋的主人还会在其中一个粑里夹上钱币，人人都想捡到这个夹钱的粑，捡到的人也总是被大家认为是最幸运的人，高兴满怀，热闹有趣。

记得考上军校那年，家里宴请亲朋好友时，通读四书五经的姑翁，在酒席间即兴涨彩"一枝丹桂返秋香，两角纱帽伴栋梁，三杯御酒同饮宴，四海高歌状元郎，五马踏破金街地，六出笙歌引凤凰，七贤八进才学士，九丞十相伴君王，荣华富贵与天长。"我结婚时，妻子的大姑爹也即兴涨彩："彭都两地，秦晋联姻；自由恋爱，天赐良婚；黄道吉日，登门迎亲；亲朋高兴，热烈欢迎；夫妻和睦，互敬互尊；白头偕老，永结同心；早生贵子，活泼聪明；子孙考学，金榜题名；加官晋爵，步步高升；两家幸福，快乐欢心。"为婚礼增添气氛，引得满堂喝彩。

"一人涨彩众人欢"，如今在故乡老家，乡亲们办喜事时，涨彩盼个好兆头的文化民俗仍然必不可少，三两人比着涨彩，那场面就更热闹了。

后　记

　　最早准备编印这本散文集的想法大概是在 2018 年，当时书名叫《村子里的故事》，计划在我母亲七十岁生日前出版，并将此书献给我的父亲母亲。后来因为一些特殊原因拖至今日结集出版。

　　人生路漫漫，回首走过的路、看过的风景、遇到的人，都是幸会与感恩。从童年偏僻的小山村到火热的军营，再到美丽的滨海城市厦门，最后选择留在人文气息浓厚的嘉庚故里集美工作与生活，是巧合更是缘分。看看这些年为自己写的一些文字，大都是生活中所见所想的记录与感受，有知足常乐的快乐，有遗憾错过的风景，但沉淀在文字中的记忆，都是一份难得的收获，值得永远去回味、去珍藏。

　　本书选取近年来创作的散文 77 篇，以"稻花香里说童年""其乐融融一家亲""军歌嘹亮军号响""杏林湖畔逸思飞""今夜情思寄故乡"为视角进行编排。其中三辑与我的故乡紧密相连，故乡是一个人最难忘怀的地方，它像一壶老酒，时间愈久思乡愈加强烈，它更像我身体上的某一个器官，越老越觉得它的可贵，也越离不开它。我对故乡的思念，从当兵入伍踏上火车的那刻起，那里的一山一水，甚至河里的一块鹅卵石，都能勾起我的无限遐想，它无不触动着我身体内的每一处神经，并根深蒂固地扎在我的内心深处。无论客居何处，我知道我都永远走不出那里的山，离不开那里的水，忘不了那里的亲人，唯一能释怀的是我只能默默地常念着他们、常记着他们，有时偶尔去故乡走走，去找寻童年的自己和远去的故乡。另有两辑是写我工作过的第二故乡，我把人生最美好的时光都留在了这里，我在这里遇见了许多美好的人和事，人生中的许多梦想也在这里得到迸发与实现，更庆幸有了如此多的美好遇见和如影相伴，让人生变得更加精彩、更有深情。

本书能够顺利出版，感谢厦门市集美区文艺发展专项资金扶持及集美区文联和作协各位老师的大力支持，没有你们的厚爱和极力支持，没有嘉庚故里集美这片沃土的滋养与厚植，就没有我散文集今天的油墨芳香。

感谢厦门晚报社社长、总编辑，厦门大学博士查本恩先生百忙之中为我的首部散文集作序，这是对我文学创作的莫大鼓舞与鼓励。我俩都在鄱阳湖边长大，当年他在故乡读书时办校报之事远近闻名，唤醒了大山里许多孩子最初的文学梦，让许多同学立志努力读书走出了大山，我也算其中受益者之一。今日鹭岛相逢，于我来说是一种缘分，更是一种幸运。

散文集在出版中还得到诸多师友们的关心帮助，他们在选题、编排、校对等过程中提出了许多宝贵意见和建议，借此一并表示感谢。

最后，我要衷心感谢我家人一直以来的理解包容与支持。工作闲来之时喜欢读一本书、写一段感悟，许多文字成稿时你们是我的第一位读者，变成铅字文时你们又是第一个给我掌声的观众。一路走来有了你们的支持，让我更加坚定了与文字相伴前行的信心与力量。

由于本人才疏学浅，文笔稚嫩，许多篇幅还不尽满意，但都是我内心真诚的流露与书写，结集出版权当自己与文字相遇的一段小结，不妥之处敬请各位读者朋友批评指正。

临一湖而居，择一城而落，漫步在杏林湖畔，我犹如行走在故乡的鄱阳湖边，思绪万千。突然想起 2003 年 3 月我刊发在《现代青年》杂志那首诗《老屋》：

长出绿色的青苔

在旷野里支撑

还有那古老的石磨

和那棵老槐树

许久许久

屋顶上冒出一缕青烟

那是母亲的呼唤

还有驼背的父亲

和那头老黄牛

在耕耘

陈俊峰

2024 年 4 月 12 日于湖园